近距離家族はじめました

Kaho Matsuyuki
松幸かほ

CHARADE BUNKO

Illustration

秋吉しま

CONTENTS

1

大阪から東京へと向かう新幹線の車内は、金曜の日中であるというのに、出張のサラリーマンや、外国人旅行客などで大半の席が埋まっていた。

三列シートの通路側に座した永尾絢《ながおじゅん》は、一つ離れた窓際の席に靴を脱いで膝立ちになり、窓の外を熱心に見ている二歳半になる甥っ子の駆《かける》を見やった。

五つ年上の兄、整《すすむ》が結婚したのは四年前、絢が大学を卒業するのを待ってのことだった。

絢たちの両親は、当時、すでに亡かった。

母親は絢が小学生の時に、父親も高校生の時に亡くなった。

以来、兄と二人で助け合い――というか、主に兄に助けられ、途中からは兄の恋人だった詩織《しおり》の手助けも受けて、生活をしてきた。

整も詩織もバリバリと仕事をしていて、結婚後もともに順調にキャリアを積み重ねていた。

その中で駆が生まれ、兄夫婦で手が足りない時は、絢が積極的に手助けをしていた。

これまで散々兄たちには世話になっていたということもあるが、駆がとにかく可愛《かわい》いかったし、助け合うのは当然だと絢は思っていたからだ。

その兄夫婦が、整の転勤で大阪に引っ越したのは一年前。

先に整が赴任先に引っ越し、三か月遅れて詩織も大阪転勤をもぎ取って引っ越した。

それでも絢と、兄家族との関係は良好で、一緒に旅行にも行った。

『おまえが来ると、安心して駆を預けられるから遠慮なく夫婦でデートできる』

『頼りにしてるわぁ』

兄夫婦はよくそう言ってくれていた。

その二人が亡くなったのは三週間前のことだ。

海外出張から戻る整を、その日、有給休暇を取っていた詩織は迎えに行った。

そして整と一緒に、その足で駆を保育園に迎えに行くつもりだったようだが帰る途中の高速道路で、事故に遭《あ》い——揃《そろ》って命を落としたのだ。

居眠り運転の大型車に衝突されての事故だった。

東京から駆けつけた絢が、まず行わなくてはならなかったのは、二人の身元確認。それから葬儀などの手配だった。

非日常に突然叩き落とされて、そこでのいろいろなことに忙殺されて、自分がどうやって何をこなしたのかをほとんど覚えていない。

ただ、整も詩織もきちんとした人だったことは幸いした。

特に海外出張が多い整が留守にしている間に詩織に何かが起きた場合、一番最初に駆けつけるのが絢になることを想定して、詩織はいろいろなことを事前に手順書にまとめてくれていた。

その手順書の存在は絢も知らされていた。

縁起が悪い、とその時には思ったものだったが、その手順書がかなり役立った。

多分、それに添って、その時の絢は行動したのだろう。

その時の記憶は、まるで抜け落ちたように、綺麗《きれい》にない。

ただ、連絡を取るように書いてあった中には弁護士の鹿島《かしま》もいた。

鹿島は整の友人で、最大限フォローをしてくれ、そのおかげで何とか葬儀などの一連の行事は終えることができた感じだ。

だが、その後にもまだまだいろいろなことが待ち受けていた。

一番の問題は駆だ。

基本的に、夫婦揃って逝《い》く、というバージョンまでは詩織の手順書にもなかった。

だが、詩織も頼りにできる身内がおらず、整にしても両親を早く亡くしていることもあって、「そういうこと」も一応は想定して、鹿島に相談をしていたらしい。

『二人は、できることなら一番信頼できる絢くんに、駆くんを託すことができればって考えてはいたみたいだけど……、正直、こんなに駆くんが幼い状態でこんなことになるとは思ってなかったしね……』

少なくとも絢が母親を亡くした年齢――その時、絢は十歳だった――その辺りを想定していたようだった。

絢が結婚している場合と独身である場合、その両方で、絢が引き取り育てるにしても施設に預けるにしても、頼みたい事柄をそれぞれに『お願い』という形で書面にしてあった。その中には、『駆を施設に預け、時折面会に赴《おもむ》いて、身内がいる、ということだけを示してくれればいい』という、絢に一番負担のない選択肢も記されていた。

だが——その時の絢には、この選択はできなかった。

たまに遊びに行って相手をしていた程度では、子育ての大変さなど、十分の一もわかっていないだろう。

それでも、駆を施設に預けることだけはしたくなかった。母親が亡くなった時、絢にはまだ父親と兄がいたし、父親が亡くなった時には兄がいた。少しずつ家族が欠けていく寂しさも、その時に側《そば》にいてくれる家族の温かさも知っている。だからこそ駆を引き取る決断をしたのだ。

もちろん、鹿島には懸念を示された。

「もし、どうしても無理になった場合、途中で他人の手を借りるということになるかもしれません。でも、今は、できるだけのことをしたいです」

その絢の言葉が、先のことも何もわかっていない青臭い言葉だと見抜くことは、いくつもの修羅場《しゅらば》を見てきている鹿島には簡単だっただろう。

それでも、絢の意思を尊重してくれた。

その先の時間は怒涛《どとう》のごとく過ぎた。

兄夫婦の荷物を業者に頼んですべてレンタル倉庫に移し、駆は一旦、ご近所で保育園も一緒だという家族に預かってもらって、絢は東京に戻ってきた。

そして駆の生活スペースや臨時の預かり先を確保して、駆を迎えに大阪に再びやってきたのだ。

幸い、駆は絢に懐いてくれていたし、整と詩織が仕事でいない、ということにも慣れていたので、特に疑問に思うこともなく、大人しく新幹線に乗ってくれた。

そして騒ぐことなく、窓の外の景色を熱心に見ている。

——よかった……駆が大人しい子で…。

積極性がないことを詩織は少し気にしていたが、正直今は助かっている。

興奮して、奇声を発して大騒ぎされていたら、いたたまれなくてデッキで立ち通しになっていただろう。

駆が大人しくしている間に、新幹線は名古屋《なごや》に着いた。

多くの乗客がそこで入れ替わり、ほどなく新幹線が再び動き始める。

その中、

「えーっと、ごめんねー。そこ、俺の席じゃないかなーって思うんだけど……?」

緩い口調で、通路から青年が声をかける。

その青年を見上げた絢は、彼があまりに長身なのに驚いた。

——うわ…何センチくらいあるんだろ……一九〇近そう…。

そんなことを思っていると、

「あれ？　ダブルブッキングかな……」

絢が驚いた様子なのを、座席は違っていないのに何を言っているんだろうと思ったと判断したのか、青年は携帯電話で購入履歴を見始める。

それに絢は慌《あわ》てて言った。

「すみません、子供が窓の外を見たがったので、いらっしゃるまで、お席をお借りしてました」

チケットの手配が急だったこともあり、窓際席が空いておらず、絢と駆の本来の席は通路側と真ん中だった。

「駆くん、そこのお席のお客さんが来たから、こっちに来て」

窓の外を見ていた駆にかけたその言葉に、

「あ、別にそれならいーよ？　ケータイだけ充電させてもらえたら」

青年はそう申し出てくれる。

新幹線は、新たに導入される新型車両には全席にコンセントが設置されるらしいが、あいにく今はまだ窓際席にしかコンセントがないのだ。

「あ、大丈夫です。駆くん、こっちおいで」

駆は絢の方を見ると手すりをまたいでシートの上を移動し、そのまま甘えるように絢に身を寄せる。

「ごめんねー、ありがと」

青年は二人の前を通って、窓際の席に腰を下ろす。

新幹線は前の席との間が比較的広いのだが、背が高い分、足も長い彼はそれでも少し窮《きゅう》屈《くつ》そうに見えた。

――背が高いのって憧《あこが》れてたけど、不便なこともありそうだな……。

自称一七〇センチと多少サバを読んできた絢は、長身に憧れていた。

だが、窓際の席の青年を見ると、いいことばかりではなさそうだなと思う。

――まあ、せめてあと五センチ欲しかったけど……。

そんなことを考えていると、

「じゅーく、おかし」

駆がおねだりをしてきた。

「うん、お菓子食べようね。何がいい？」

「ちょこえーと、もーすーの」

駆が所望したのは、大好きなアニメのキャラクターがパッケージに描かれた個包装のチョコレート菓子だった。

その袋をカバンから取り出すと、駆は袋に手を突っ込んでいくつかを手に取る。そしてそのうちの一つを、窓際の席の青年に差し出した。

「あい」

突然横から伸びてきた手に、携帯電話の画面を見ていた青年は驚いて駆を見た。

突然のことで駆を止める間がなかった絢が、慌ててやめさせようとしたが、

「え、くれるの？」

青年は優しく駆に聞いた。

それに駆が頷《うなず》くのに、

「ありがとねー。あ、シクローンだ」

青年は受け取ったチョコレートのパッケージに描かれていたキャラクターに気付いて名前を言う。

「ぉにーちゃ」

青年がキャラクターを知っていることに嬉しくなったのか、駆は手にした自分のチョコレートを見せた。

「もーすー、じゅよー」

「モンスーンとジュヒョーンだねー。ジュヒョーン、やっぱり可愛いなぁ」

「かぁいい。しゅき」

どうやら青年もそのアニメに詳しいらしく、アニメのキャラクターの感想を二人は楽しげに話し合う。

取りとめもない会話が何往復かしたところで、

「チョコレート食べないと溶けちゃうよ」

絢は駆に声をかけ、個包装を破って駆の唇にチョコレートを押し当てる。

すると駆はそれを素直に口の中に入れて、食べ始めた。

それから絢は青年を見て、唇だけで『すみません』と謝る。

それに青年はただ笑って頭を横に振ると、チョコレートをポケットにしまい、また携帯電話の画面に目を戻した。

チョコレートを食べた後、駆は少しの間絵本を見ていたが途中で寝てしまい、それからは静かだった。

しかし、新幹線が品川《しながわ》を出た後、絢が荷物を下ろして降りる準備をしていると駆が目を覚ました。

それに絢は、内心でため息をつく。

寝たままなら抱っこひもで駆を抱いて、両手でバッグとカートを引いて移動するつもりだったのだ。

だが、駆が起きたとなると手を繫《つな》いでやらねばならない。

――カートの上にバッグを載せてくか…。

新大阪《しんおおさか》駅でもそうしていたのだが、安定が悪いので何度もバッグがずり落ちて大変だった。

それでも、そうするよりほかないので仕方がない。

ほどなく新幹線が東京駅に入り、手を繫いで立ち上がったところで、窓際の青年に声をかけられた。

「よかったら、降りる時、荷物片方持ちましょうか?」

「え……?」

「子供さんと手を繋いで、もう片方の手だけでカートとカバンって無理そうっていうか、安定悪いから、カバンすぐ落ちそう」

カートとカバンのサイズからどうやら起こりやすい状況を見抜いたらしい。

「ありがとうございます。……多分、大丈夫です」

一応そう言ったものの、その直後、駆を連れて数歩進んだだけで、カートの上からカバンがずり落ちた。

カバンの中にも荷物がずっしり入っているので、そうなると結構体を持っていかれて体勢が崩れてしまう。

「……やっぱり大丈夫じゃなさそう…。後悔しそうだから、手伝わせてもらえたら嬉しいんだけど」

青年に再度言われ、降りるところで手間取ると他の客にも迷惑なので、絢は素直に頷いた。

「すみません……。じゃあ、カバン、お願いしていいですか?」

「リョーカイ。じゃあ、ちょっと失礼」

青年はそう言うとカートからずり落ちたカバンを受け取ってくれた。

その時、新幹線が完全に止まり、ややしてドアが開いたのか列が動き出した。

駆とカートだけなら行動はスムーズだ。

新幹線からホームに移る時は心配したが、駆はうまく降りてくれた。

「そのまま少し先まで行ってー、後がつかえちゃうから」

後ろから青年が言う。

降りてすぐ足を止めて荷物の受け渡しをすると、後から降りる乗客の動線を妨《さまた》げてしまうことになる。

そのため、少し先の開けた場所まで行ってそこで絢は足を止めた。

「すみません、助かりました」

「どういたしましてだけど、この後、まだいろいろ難関ありそう……。ここから乗り換え？」

「あ、はい。山手線《やまのて》……」

「あー、じゃあそのホームまで持ってく。どっち行き？」

「えと、上野《うえの》……」

うっかり答えてから、このまま手伝ってもらうことになるのに気付いた。

「でも、申し訳ないので……」

「乗りかかった船っていうし、気にしないで。そのサイズのカートだったら、エスカレーターでも平気？」

「大丈夫です」

「じゃあ、行こうか」

申し訳ないと思うのに、なぜか青年のペースで事が進んでしまい、結局乗り換えのホームまで荷物を持ってもらってしまった。

「すみません、本当にありがとうございました」

「お役に立てて何よりです。じゃーねー」

青年は軽く腰を曲げ、目線を下ろして駆に手を振る。

駆が笑顔で手を振ったところでホームのゲートが閉まり、そして電車のドアが閉まった。

青年はそのままホームにいて、絢が動き出した電車の中から会釈《えしゃく》をすると軽く手を振ってくれる。そのまま電車がホームを離れて、青年はすぐに見えなくなった。

——優しい人だったな……。

二十代前半だっただろう。

少なくとも自分よりは年下だろうと思う。

——俺があのくらいの頃ってあんなにスマートに人を手伝えたかな……。

そんなことを思いながら、絢は揺れる電車の中で足に縋《すが》りついてくる駆の姿を見つめる。

目が合うと駆はにこりと笑ってから、また足に抱きつく。

——これから、二人なんだな……。

そう思うと言いようのない寂しさと、そして愛《いと》しさがこみ上げてきて、絢は出そうになる涙をそっと服の袖口《そでぐち》で拭《ぬぐ》った。

◇◆◇

駆が懐いてくれているというものの、二人での生活はなかなか大変だった。

いつまでも大阪で兄夫婦のご近所家族に頼るのも申し訳なくて、一番早いタイミングで引き取ってきたのだが、駆との生活が始まると、いろいろと引き取り準備の穴だらけな部分が目についた。

「んー、ここは……値段的には手頃だけど、その分狭いよなぁ…」

一番困っているのは、住居だ。

今、絢が暮らしているのは会社が単身者用に準備してくれている借り上げ社宅のハイツだ。

会社側が緊急を要する事態であることを理解してくれ、一時的に駆と一緒に住むことを許可してくれているが、できるだけ早く出てほしいとは言われている。

とはいえ、会社が他に持っている家族住まい用の社宅は駆の保育園などのことを考えるとあまりいい物件とは言えなかった。

「今の一時預かりも高いしな……ほんと、早めに決めないと」

幸いと言っていいのかどうかはわからないが、駆を育てていくための資金面では、特に苦労はしなくてよさそうだった。

それというのも、夫婦揃ってバリバリのキャリア系だった兄夫婦にはそれなりに貯蓄もあり、また、駆が生まれた時に「もしもの時のため」に、それぞれが新たに、かなりの補償がある保険に加入していた。

それらの手続きや管理は、すべて鹿島がしてくれていて、これからは毎月決まった額がそこから振り込まれ、それ以外の大きな出費は妥当だと認められれば払われることになっている。

鹿島は、新しい住居に関しては賃貸でも分譲でもいいと言ってくれていて、賃貸の場合は、今の社宅よりも余計にかかる分を今後家賃として振り込むし、分譲なら全額、と言ってくれた。

もちろん、どの物件にするかについては鹿島の許可がいるのだが、とにかく資金面でさほど悩まなくていいのは助かる。

そうは言っても、駆のためのお金なので、切り詰められるところは切り詰めていかないと、とは思う。

将来、駆が大きくなった時に受け取れるお金を、それなりに残してやりたいのだ。

「……駆…」

小さなワンルームのシングルベッドで、スヤスヤと寝ている駆の顔を見つめる。

今はまだよく、「ぱぱとまま」のことを聞いてくる。

どこにいるのか、いつ会えるのか、と。

遠いところでお仕事をしているんだよ、と言うと、二人が仕事をしているということは理解していたのか、一応は納得する。

けれど、翌日にはまた同じことを聞いてくるのだ。

時々癇癪《かんしやく》を起こして「いつ？　いつ⁉」と泣いて聞いてきて困ることもあるが——そのうち、整と詩織のことを忘れて聞かなくなる時が来ることの方が、今は怖い。

泣いて困らされても、「ぱぱとまま」のことを覚えていてほしいと思うのだ。

「兄ちゃんたちの代わりはできないけど、頑張るからな……」

絢はそっと呟《つぶや》いて、駆の柔らかな頰に軽く触れる。

——とにかく、駆が元気に育ってくれることが一番だ。

保育園の評判がよくて、すぐに入所でき、子育てのしやすい地域。

そして、できれば通勤にかかる時間が今とあまり変わらない場所。

もちろん、通勤時間は妥協してもまったく構わないが、駆に関係する部分は絶対に譲《ゆず》れない。

絢は再び不動産物件の資料に目を戻し、夜遅くまで真剣に見入っていた。

2

絢が駆と新居に引っ越したのは、二か月が過ぎ、春の新学年にやや遅れた頃のことだった。

築年数は二十年ほどとそれなりだが、３ＬＤＫで、リフォームずみの綺麗な分譲マンションだ。

歩いて五分のところに保育園があり、駆の入園もすでに決まっていた。

絢の通勤時間はこれまでより二十分ほど長くなってしまったが、保育園もネットの情報を見る限りでは評判がよかった。

小学校も近いし、マンションが管理している公園もある。

商店街もあって、普段の買い物にはまったく不自由しなくてすみそうで、駆にとっても絢にとってもいい環境のように思えたし、物件を一緒に見て回ってくれた鹿島も、ここなら、と安心した様子だった。

「駆くん、ご近所になる人たちにご挨拶《あいさつ》に行こうか」

すべての荷物が新居に到着したのを確認し、それらが引っ越し業者によって荷ほどきされ始めると、絢は駆を連れて引っ越しの挨拶に向かうことにした。

荷ほどきまですべてを任せてしまうパックで依頼したとはいえ、なんとなく申し訳のない気はするのだが、駆が物珍しさからうろうろしたり、作業員に話しかけたりしてしまうのだ。

邪魔というほどではないのかもしれないが、そのたびに手を止めさせるのが申し訳なかった。

それで、引っ越しの挨拶に行ってこようと思うんですが、と作業チーフらしい人に伝えると、絢の意図を汲《く》んでくれた様子で快く送り出してくれた。

両隣は老夫婦が住んでいて、駆を見ると目を細めた。上の階は四人家族の世帯だが、上の子供は遠方の大学で寮に入っていて、長い休みにしか戻らず、下の子供は高校生だが部活動が忙しく、家には眠りに帰るだけのようなものだと言って、出てきてくれた婦人は笑っていた。

そして、やはり駆を見て目を細め、

「うちの子にもこんな小さい頃があったはずなんだけど……」

と、玄関に置かれた大きな靴に目をやり、苦笑していた。

こうして順調に挨拶が終わり、

「さて、あと一軒。いてくれたらこれで挨拶も終わるし、助かるんだけどな」

残すは階下の一軒のみだ。

最後の一軒の表札には「白崎《しらさき》」と書かれていた。

インターホンを鳴らし、少しするとインターホン越しにではなく中から直接「どなたですか？」と声が聞こえた。

若い男のもので——どこかで聞いたことがあるような気もしたが、白崎、という名字に心当たりがないので気のせいか、誰かの声に似ているかどちらかだろうと思いつつ、

「上の階に引っ越してきた永尾と申します」

そう挨拶をすると、チェーンロックが外される音が聞こえ、続けてドアが開いた。

そしてそこに立っていた男に絢は目を見開いた。

「あ……」

「やっぱり、だよね？」

長身と、どこか人懐っこい笑み。

それは新幹線で出会ったあの青年だった。

「ちょうど靴の整理してたから誰が来たのか、レンズで中から見て、びっくりした」

「その節は、本当にありがとうございました。助かりました」

驚きながらも、絢はそう言って頭を下げる。

「ああ、全然そんなの大したことじゃないから」

「今日も、お騒がせしてます」

「うん、今朝、引っ越しの作業するからって業者の人が挨拶に来てくれてたよ。どんな人が来るのかなーって思ってた。今日からご近所さん？」

青年が言うのに、絢は頷く。

「はい。今日から、よろしくお願いします。永尾絢です。駆くん『こんにちは』って、お兄さんにご挨拶して」

絢はそう言って駆を促す。

駆はもう青年のことを忘れてしまっている様子で——無理もない、二か月も前のことだ——これまで挨拶に向かった家の時と同じように恥ずかしがって絢の足の後ろに隠れて、そこから顔だけ見せて「こ…ちゃ」と呟くように言う。

その駆と目線を合わせるように、青年は座りこんだ。

「駆くん、こんにちは。白崎亮太《りょうた》です。よろしくね」

自己紹介をして、青年は右手を駆に差し出す。

だが、駆は絢のズボンをギュッと摑んだまま、握手を拒んだ。

「駆くん、握手」

絢が促すが、駆はイヤイヤと頭を横に振る。

「駆くん」

もう一度促すが、

「人見知りしちゃう頃だし、難しいよねー」

青年はそう言って、緩く笑って立ち上がる。

「すみません」

謝る絢に、

「駆くん、新幹線のこととか、絶対覚えてないから無理もないっていうか、挨拶してくれただけ、すごいよ」

気を悪くした様子もなく、青年は言う。そして、

「今日の夕ご飯どうするか、もう決めてる？」

そんなことを聞いてきた。

「いえ、まだ、全然。外食にしようとは思ってるんですけど」

「そうなんだ。じゃあ、もし、永尾さんの都合が悪くなかったら、この辺りの案内兼ねて一緒に食べに行かない？」

気軽に誘ってきた。

その気軽さと、彼の人となり——新幹線の中や、ホームまで送ってもらった程度のことだったが、それでも彼がいい人であることは感じ取れていたので、絢は頷いた。

「この辺りのこと、本当に何もわからないので、そうしていただけたらありがたいです」

「じゃあ、どうしようかな……。引っ越しの作業って、もう終わってる？」

「いえ、まだ。運びこみはすんだんですけど、今、荷ほどきをお願いしてます。予定だとあと三時間くらいで終わるみたいなんですけど」

見積もりで指定されていた時間から計算して返事をした。

「ああ、じゃあそのくらいの時間ってことで……。終わったら来てくれる？　俺、今日は

ずっと家にいるから予定より早くなっても遅くなっても、全然へーキだから」

「わかりました。じゃあ、また後で伺《うかが》います。駆くん、また後でねって、バイバイして？」

絢が促すと、駆はまだ恥ずかしそうだったが、ズボンを摑む手を片方だけ離して、手を振った。

それに青年は笑いながら、

「駆くん、また後でね」

そう言って手を振り返してくる。

「じゃあ、また後で」

絢は改めて言い、駆を連れて部屋へと戻った。


引っ越し作業は予定通りの時間に終わり、ほぼすべての荷物が最初にレイアウトした通りに収められた。

残っているのは、後で自分で処理をするのでと指定した荷物だけだった。

引っ越し業者のスタッフが帰り、部屋に、駆と二人きりになる。

部屋の中は、まだ物が馴染《なじ》んでいなくて、これから自分たちが生活をしていく場所だというのに、どこかよそよそしい空気があった。

――でも、これからここで、暮らしてくんだ……。

妙な感傷が湧き起こって、涙が出そうになる。

それを押し止め、絢はリビングに置いたソファーにちょこんと座っている駆を見た。

ソファーは、兄夫婦の家にあったものだ。

今回の引っ越しでは、新しい家具はあまり買わず、貸倉庫に運んであった、兄夫婦の家で使っていたものを多数持ってきた。

兄夫婦の持っていた家具はどれも質がよくて綺麗なものばかりだったし、その方がなんとなく駆にいいような気がしたからだ。

「駆くん、夕ご飯食べに行こうか」

「ゆーごはぅ」

「うん。さっき会った背の高いお兄ちゃんと一緒にね」

引っ越し業者のスタッフなど、今日はたくさんの人と会ったので駆は、誰のことなのかわかっていない様子で、きょとんとしていたが絢が行こう、と促すと後ろ向きになってソファーをずり下り、そして絢の足に抱きついてくる。

それを一度抱き上げて子供部屋に連れていき、上着を羽織らせる。

夜はまだまだ冷える。

ちょっとした温度差でも子供は風邪をひいてしまうことが多いので、駆と出かける時は、日中がどれだけ暖かくても必ず余計に一枚、上着か膝かけを持ち歩くようになった。

準備を整えて、再び絢は駆とともに階下の青年——白崎亮太の許《もと》に向かった。

インターホンを鳴らすと、今度は確認もなくドアが開いた。

「もう、引っ越し終わったの？」

「はい。今から、大丈夫ですか？」

「うん、全然。じゃあ、行こうか」

亮太はそう言うとまた膝を折って座りこみ、駆と目線を合わせた。

「駆くん、お散歩して、それから夕ご飯食べに行こっかー？」

さすがに三時間ほど前に会っているので覚えているらしく、駆はさっきとは違い、あまり緊張した様子も見せずに頷いた。

その駆の頭を軽く撫《な》でてから、亮太は立ち上がる。

「何か食べたいものとかある？」

「いえ、特には。駆くんも、好き嫌いはそんなにない方なので……」

「へぇ、いい子だねー。じゃあ、俺のお勧めのお店に案内するね」

そう言うと亮太は歩き出した。

そして一緒にマンションを出て、歩きながらいろんな店を紹介してもらう。

「ここのスーパーで大抵のものは揃っちゃう感じ。この先の交差点を左に折れたところにドラッグストアもあるから、医薬品はそこで買うのがいいと思う」

マンションの前の通りは昔ながらの商店街といった様子だ。そこが年月の経過に合わせて大型店舗になったりした様子だが、地元の店舗ともうまく共存しているようで、シャッターが閉まっている店舗は少なかった。

「病院はここが小児科もあって、この辺りの小さい子のいる家は、ここがかかりつけ医ってとこが多いかなー。実は俺もそう。前のおじいちゃん先生の頃だけどね。今の先生は息子さんだけど優しい、いい先生だよ」

多分、世話になることが多いだろう病院も紹介してくれた。

そして、最後に行き着いたのがお勧めだという洋食店だった。

こぢんまりとした洋食店だが、長く経営されている様子なのがほどよくレトロな店構えからうかがえた。

「こんばんはー」

亮太が明るい声で挨拶をしながら入っていくと、

「あら、亮太くん、いらっしゃい」

年配の女性が笑顔で亮太を出迎えた。

その様子から、どうやら顔馴染みらしいのがわかる。

「今日はお友達と一緒なのね」

「うん。今日、うちの真上に越してきた永尾さんと駆くん」

亮太に紹介され、絢は軽く会釈をする。女性はにこにこと笑顔で駆を見た。

「初めまして。この店の看板娘です」

彼女はおどけて言った後、

「可愛い子ね。ボク、いくつ？」

駆に声をかけた。

その声に、駆は絢の足にペッタリと体をひっつけて、片方の手で指を二本立てて見せる。

「あら、二歳？」

「二歳半です」

絢が正確な情報を付け足すと、

「一番可愛くて、困らされることも多い時期ねぇ」

女性はやはり笑顔で言いながら、「奥の席でいい？」と奥のソファー席に案内してくれた。

そして一度テーブルを離れると、すぐに駆のために子供用のクッションシートを持ってきてくれる。

テーブルに置かれていたメニューを手に取った亮太が、開いて絢と駆の方へと向けて置いた。

「全部おいしくてお勧めなんだけど、お店の看板メニューはやっぱりこのハンバーグで、デミグラスソースが絶品な感じ。で、個人的にハンバーグを堪能《たんのう》したら、ハヤシライスにいって、そこからタンシチュー、そんでハンバーグに一度戻って、グラタン、ドリア系に攻めていくっていうローテーションのことが多いかなぁ。駆くんには、こっちのジュニアセットをお勧めな感じ。ミニハンバーグとミニグラタンに海老フライが一本付いてくるから」

「亮太くんは、子供の頃、ずっとジュニアセットだったわよね。中学校に上がる時に『もう明日から注文できない』って寂しそうに言ってたの覚えてるわ」

さっきの女性が笑いながら言いつつ、おしぼりと水を置いていく。

「だって、好きなもの全部一度に食べられたからねー。今でも注文していいなら、ジュニアセット二つ注文するし」

「ああ、一つじゃ足りないものね」

亮太の言葉に、女性はすぐに返す。

それに笑顔を返した亮太は、視線を絢に向けた。

「永尾さん、どれにするか決まった？」

「じゃあ、一番お勧めのハンバーグセットでお願いします。ライスのセットで、飲み物はホットコーヒーを。駆くんにはジュニアセットを」

とりあえずお勧めされたものを頼んでおくのが確実だし、角も立たないので、そうする。気に入れば、また来て、別のものを注文すればいいのだから。

「じゃあ俺、タンシチューのセットでライスは大盛りで、あと、玉子サラダ。セットの飲み物は俺もホットコーヒー」

亮太も注文を終える。

「コーヒーは、食べ終わってから持ってくるのでいい？」

確認され、絢と亮太は頷いた。

それを見てから、女性は奥の厨房へオーダーを通しに向かう。

「いいお店ですね」

絢が改めて言うと、亮太は少し嬉しそうに笑う。

「そう言ってもらえてよかった。なんか、懐かしい感じがあって、子供の頃から好きなんだよね。うち、月に一度か二度は外食する家だったんだけど、ここで食べたら次の時は別の店、で、その次はまたこの店に来て、そのさらに次は別の店って感じだった」

「その頃からの常連さんなんですね」

「だから歴は長いよ。途中でちょっとインターバルあるんだけどね。……駆くんにも今からこのお店の常連になってもらうべく、英才教育をしないと」

「英才教育ってこういう時に使うんだっけ？」

笑いながら返すと、亮太はただ笑った。

――不思議な人だな……。

新幹線で乗り合わせた時からだが、背の高さなどを考えればもっと威圧感がありそうな感じなのに、それよりも口調などの穏やかさがあるから一緒にいてもまったくそんな感じは受けなかった。

駆も、最初は「見慣れない大人」に対して戸惑っていたが、散歩の間にすっかり仲良くなった様子で、亮太も子供の世話に慣れているのか、駆の意味不明な言動につきあっていた。

どうということのない話——看板娘とおどけた彼女は、この店のシェフの奥さんで、朋《とも》子《こ》さんということや、スーパーの特売日や、マンション所有の公園で定期的に開かれるフリーマーケットのことなど——を話しているうちに、料理がテーブルに運ばれた。

「じゅーく、はた！」

「ほんとだね、旗が立ってるねー」

山型に形成されたピラフには、どこの国のものかわからないが、旗が立てられていた。

「オランダって国の旗だよ」

「おあーだ」

亮太に教えられ、駆は繰り返す。

「そう、オランダ。駆くんは賢いねー」

亮太と話している間に、絢はジュニアセットのハンバーグを駆の一口サイズに切り分ける。切ると中から肉汁があふれ出て、それだけでもおいしそうなのがわかった。

「駆くん、いただきますしようか」

切り分けてから促すと、駆は両手を合わせて「いたあきましゅ」と行儀よく言って、添えられていた子供用のフォークを手にした。

最近、食事をする時は、必ず最初は自分で食べたがる。だが、まだうまくフォークやスプーンを扱《あつか》えないのでこぼしたりすることが多く、途中から絢が食べさせることになる。その方が早いし、汚さないので最初から食べさせたいのだが、駆の機嫌が悪くなる方が面倒なので、好きにさせている。

ただ、外食の時は、店の物を汚したりする可能性が高く、いろいろと気を遣うのだが、目を離さないようにしていれば大抵のことは防げる。

駆は上手にフォークでハンバーグを突き刺し、口に運ぶと、何度か咀嚼《そしやく》した後、笑顔を見せた。

「おーしー！」

「おいしい？　よかったね」

声をかけると駆はにこにこして、口をもぐもぐさせる。

その様子を見て、絢も自分のハンバーグにナイフを入れた。

駆のを切った時もそうだったが、肉汁があふれてきた。そして口に運んだ絢はその味に目を見開いた。

「……！　すごい、おいしい……！」

絢が言うのに、亮太は満足そうに微笑んだ。

「でしょー？」

「デミグラスソースがすごく濃くて……でも辛《から》くないし、しつこくない感じっていうか」

「もう、このソース飲みたいって感じにならない？」

「わかります。何にでもつけて食べたくなるっていうか」

「ご飯にかけて食べたいよねー。まあ、俺は正直、ハンバーグを食べた後、ご飯をそっちのお皿に移して、デミグラスソースご飯にして食べるっていう、行儀の悪いことをしちゃうんだけど」

亮太が笑いながら言うのに、他のテーブルの飲み物を運んで通りかかった——絢たちが来た時、店内には他に一組の客がいただけだったが、その後もう一組入ってきていた——朋子が、

「私はそのソースでチャーハンを作って賄《まかな》いご飯にしちゃってるわ」

笑って言う。

「それ、絶対おいしいやつじゃん……。俺、ここでバイトしようかなー。大学の履修講義も減ってきたし……。そしたら賄いで食べられるよねー?」

冗談めかして言う亮太に、

「亮太君大きいから、いろんなところで頭打っちゃうわよ」

朋子はやはり笑って言う。

そういえば、店のドアを入る時も、少し頭を下げて入っていた。

「背、高いですよね」

絢が問うと、

「昔は小さかったんだけどねー。気がついたらどんどん大きくなっちゃってて、最後に計

測した時は一八八だった」

と、身長を教えてくれる。

「衝撃的な高さですね」

「こんなに背が高くなるってわかってたら、中学からバスケとか、バレーボールとかやっとけばよかったかなーって思うよ。伸び始めたの高校に入ってからだったから。あと、地味に運動音痴で、勧誘されても一度練習に参加したら『あ、察し……』みたいな感じで次からうるさく誘われなかったから、ありがたいっていえば、ありがたかったけど」

どこまで本当なのかわからないが、笑いながら言う。

「でも、ちょっとだけ羨《うらや》ましいです。俺はもう少し身長が欲しかったから」

「じゃあ、俺と永尾さんを足して割ったら、ちょうどよかったかも」

冗談めかして言った後、その流れで、まるでなんてことのないように、

「立ち入ったこと聞くようだけど、永尾さんって世間で言うところのシングル・ファザーってやつ？」

さらりと聞いてきた。

それがあまりにさらりとしていたので、絢は気負うことなく、

「シングル・ファザーっていうか、シングル叔父？」

と、そのままを答えていた。

「叔父さん？　えーと、駆くんは甥っ子？」

確認されて、頷く。

「兄夫婦が事故で亡くなっちゃって、うちの両親ももう亡くなっちゃってて、兄の奥さんだった人もおんなじ感じで、それで俺が駆くんと一緒に暮らすことにしたんです」

事情を、重くならないようにかいつまんで話す。それに、

「あー、そうなんだ」

と、まず相槌《あいづち》を打つように亮太は言った。

その後「大変だね」と続けられるのが、事情を聞いた相手の大抵の反応で、亮太もきっとそうなんだろうなと思っていたが、

「学生結婚とかした感じの、若いお父さんなのかなーって思ってた。駆くん、すごい永尾さんに懐いてるし、新幹線の中でも永尾さんの言うことよく聞くいい子だったし」

続けられたのはそんな言葉で、それに少しホッとしている自分がいた。

これまで何度となく繰り返されてきた「大変だね」という後に続くやりとりで、否応《いやおう》なく思い出すことになる「兄夫婦の死」や「駆の今後」への不安が、精神的に負担になっていたのだろう。

「じゃあ、駆くん、保育園に入るの？」

亮太が聞いた言葉に、フロアを見ていた朋子が、

「この辺りで子供を預けるなら、あおい保育園かしら？」

と会話に入ってきた。

「あ、はい。そうです、明日から……」

そう返すと、朋子は笑いながら、

「うちの孫も通ってたわ。いい保育園よ。先生はみんな優しいし」

と言い、

「若くて可愛い先生も多いし、ベテラン先生はすごい安心感あるしねー」

と、亮太も続ける。

引っ越すに当たって、保育園の評判はできるだけ調べたが、実際にそこに孫を通わせていたという朋子の話や、園のことを知っている様子の亮太の言葉に安心できた。

「いい保育園だって。友達いっぱいできるといいね」

おいしそうに海老フライを頬張っている駆に声をかけると、駆は多分何も聞いていなかっただろうが、自分に関心が向いたのが嬉しいのか、笑った。

「可愛いなぁ」

そう言ったのは亮太だ。それに絢は笑う。

「よかった、白崎さんがそう言ってくれて。俺が言ったら完全に親馬鹿っていうか、叔父馬鹿だから」

「実際可愛いから、そこは遠慮せずに言っていいんじゃない？」

そんな風に言ってくれる亮太に、絢はただ笑った。

◇◆◇

翌朝、駆の登園準備と自分の出社準備を整えた絢は、本来の出社時刻よりも早めに家を出た。

引っ越しの疲れや、環境の変化に駆が戸惑ってぐずらないか心配だったのだが、幸い朝食も登園準備もすんなりとさせてくれた。

エレベーターで一階に下り、エントランスホールを出ると、前庭に置かれたベンチにマンションの住人だろうと思える老人数人が腰を下ろして、それぞれ飲み物を手に話をしていた。

その中に一人、若者——亮太が混ざっていた。

亮太は絢にすぐに気付いて、緩く笑むと立ち上がった。

「永尾さん、おはよー」

そう声をかけ、歩み寄ってくる。

「おはようございます」

絢が返すと、亮太はしゃがみこんで駆と目の高さをできるだけ合わせる。

「駆くんも、おはよー」

「……おはよー」

小さな声だが、ちゃんと挨拶をした駆の頭を亮太は撫でた。

「挨拶できていい子だねー」

そう言ってから立ち上がる。

「今から会社？」

「はい」

「ずいぶん早いねー。会社遠いんだ？」

「いえ、もう少し遅くても大丈夫なんですけど、駆も初登園なので、余裕を見て少し早めに、と思って」

「あー、そっか。ハジメテだとイロイロあるかもだもんねー」

亮太はそう言ってから、ベンチに座したままでこちらを気にしている老人たちに視線を向けた。

「ちょっとだけ、みんなに紹介しとくねー。おじーちゃん、おばーちゃん、昨日、うちの上の階に引っ越してきた永尾さん。これからよろしくね」

亮太の言葉に続けて、

「初めまして、永尾です。よろしくお願いします」

絢も挨拶し、頭を下げる。

老人たちはみな笑顔で、口ぐちに初めまして、だの、こちらこそ、だのと返してくる。

「そこにいる黄色い帽子のおじいちゃんが堀田《ほりた》さんっていって、今の住民組合の会長さん。マンションの設備関係とか、住民トラブルとか、そういう関係のことを管理会社に連絡してくれてる」

「三〇八号室じゃから、何かあったら」

堀田は軽く手を上げ、にこにこしながら言ってくれる。

それに絢は会釈を返し、よろしくお願いします、と繰り返した。

それで一通りの挨拶を終えたと判断したらしい亮太は、

「永尾さん、初登園に、俺、同伴してもいい？」

そんなことを聞いてきた。特に断る理由もないし、駆も亮太のことは知っている――というかさっき会った時は、一晩寝て少し記憶があやふやだったようだが、亮太のことをはっきり思い出した様子で、片方の手は絢と繋いだままだが、もう片方の手で亮太のズボンを摑んでいた。

「園のこと、ご存知みたいだし、お願いできるとありがたいです」

返した絢に、亮太は緩く笑みを浮かべて、

「今から保育園に同伴出勤してくるー」

集《つど》っている老人たちにそう言うと、じゃあ行こうか、と絢を促した。

こうして三人で保育園に向かったのだが、特に問題なく保育園にたどり着くことができた。

まだ早い時間だったが、すでに門の前には保育士が立っていた。

「おはようございます」

挨拶をする絢の隣で、亮太が、

「おはよーございまーす。初登園の駆くんに同伴してきちゃった」

笑いながら保育士に挨拶して言う。どうやら顔見知りのようだ。

「お伺いしてます。永尾駆くんですね。駆くん、おはよう」

優しそうな若い保育士は、しゃがみこみ、駆と視線を合わせて挨拶する。

駆は絢の後ろに隠れながら、小さな声で「ぉはよ…ご…しゅ」ともごもごと挨拶をする。

「少し、人見知りするんです」

絢はとりなすように言ったが、そういう園児にも慣れっこらしい。

「大丈夫ですよー。挨拶した時点でぎゃん泣き祭りのお子さんもいらっしゃいますから ー」

笑って保育士は言った。

その時、建物の方からやや年上の保育士がやってきたが、その保育士とは面識があった。

「永尾さんでしたね。おはようございます」

「おはようございます。今日からお世話になります」

絢は再び挨拶し、頭を下げる。

引っ越しをする前、付近の保育施設をいくつか駆と一緒に見学していて、その時に対応してくれたのが彼女だった。児島《こじま》という保育士で、もし駆が転園してきた場合、担当保育士になると話していた。

見学した中で一番評判もよく、マンションからも近かったし、園の雰囲気もよかったのでここに決めたのだ。

「駆くん、おはよう。いってらっしゃい、して、お見送りしましょうか」

ベテラン保育士はさりげなく駆の肩を抱いて、自分の方に引き寄せながら駆に優しく声をかける。

その言葉に駆は、

「いっしゃっしゃ」

と、舌ったらずな「いってらっしゃい」を言うものの、絢の手をしっかり握ったまま離そうとしなかった。

眉根が寄ってきて、不安そうなのがわかる。

そんな駆に、亮太はしゃがみこむと、

「駆くん、滑り台好きー？」

不意に聞いた。その言葉に駆は意味もわからず「いっしゃっしゃ」と繰り返しながら頷くと、亮太は、

「俺も滑り台好きー。お庭に滑り台あるから、みんなで一緒に行こっか？」

そう誘った。

好きな遊具と、「みんなで一緒に」という言葉に安心したのか、駆は再び頷き、それに亮太は、じゃあ行こう、と誘い、とりあえず絢も一緒に園の中に入るのに成功した。

園庭にある滑り台に向かって歩きながら、絢はちらりと腕時計で時間を見て、出社にはまだまだ余裕があるのを確認する。

その絢に、大体の出社時間を登園途中に話していたこともあって、亮太は、大丈夫だよ、と唇の動きだけで伝えると、

「駆くん、滑り台しよう」

そう言って駆の手を取り、滑り台へと誘う。

自然と、絢と繋いでいた手が離れ、駆は亮太に促されるまま滑り台に登った。

そして滑って降りてくる。

「駆くん、すごいねー。びゅーんって滑ってくるね」

降り口で駆を待っていた絢が声をかけると、駆は嬉しそうに笑って「もっかい！」と言って、滑り台の階段の方へとすぐに移動する。

三回滑った後、

「駆くん、ブランコは？　今、空いてるよー」

亮太は、次にブランコに駆を誘った。

「ぶあんこー！」

誘われるまま、今度はブランコに向かっていき、亮太がブランコで遊ばせ始める。ブランコは滑り台と同じくらい駆の好きな遊具で、すぐに夢中になってこぎ始めた。

その途中、亮太が保育士にアイコンタクトを送り、それを受けた保育士が、駆の様子を見守っている絢に、

「今のうちに出社されてください」

そう声をかけた。

「え?」

なんとなくだまし討《う》ちになる気がしたのだが、絢がそう思うことも織り込みずみらしく、

「改めて挨拶をすると、またさっきと同じことになるので、ブランコに夢中の間に」

そう言われて、絢は「駆をお願いします」と後ろ髪を引かれる思いになりながら、駆に気付かれないようにそっと保育園を出て、駅に向かった。

絢の携帯電話に保育園から連絡が入ったのは、まだ電車に乗っている時だった。

『駆くん、無事にお友達と一緒に遊んでます』

というメッセージに、写真がつけられていた。

似た年頃の友達の輪の中に、自然に亮太が混ざっていて、一緒に手遊びをしている様子だ。

――初対面の時から、ずっと世話になりっぱなしだな……。

新幹線でも、昨日も、今日も。

絢は写真の中でご機嫌そうな顔をしている駆の様子に安堵《あんど》しながら、携帯電話をしまった。

——俺が、もっとしっかりしなきゃ……。

◇◆◇

会社を定時で上がっても、保育園に着くのは延長保育の時間になってしまう。

一人きりになって寂しい思いをしてはいないかと心配しながら迎えに行くと、教室には同じように延長保育を受けている園児がいて、仲良く積木で遊んでいた。

だが、絢が来たのに気付くと、駆は積木を置いて笑顔で走ってきた。

「じゅーく！」

そして抱きついてくる。

「ただいま。お友達と仲良く遊べてたね、えらいね」

褒めて、頭を撫でていると、保育士の児島が近づいてきた。

「あれから、ずっと楽しく過ごしてくれてましたよ」

安心させるように、声をかけてくれる。

「ありがとうございます。……あの、白崎さんはあの後、どのくらい？」

「三十分ちょっとかしら。亮太くんは、地域のボランティアスタッフをやってくれていて、登園見守りや、お祭りとか、そういう行事によくお手伝いをしてくれるので、私たちもよく知っていますし、園の子供たちにも人気のお兄さんなんですよ」

児島はにこにこしながら教えてくれる。

「そうなんですね」

「今日も、登園した子供たちが亮太くんを見て大はしゃぎで」

初対面の時から、駆の対応に慣れていたのにも納得した。

「駆くん、お荷物取りに行こうか」

絢の足に張りついている駆に児島が声をかける。

児島にも一日でずいぶん慣れた様子で、素直に頷き、カバンや帽子を取りに一緒に一度教室の中に戻った。

そしてすぐに、帰り支度を整えて戸口までやってきた。

「じゃあ、駆くん、また明日ね」

挨拶する児島に、

「お世話になりました。駆くん、先生にさよならして」

絢が促すと、駆は児島を見て、バイバイ、と手を振る。それに児島も手を振り返してきた。

絢は児島に会釈を返し、駆と一緒に園を出る。

そしてマンションに戻る途中にあるコンビニに立ち寄った。

そこで、駆が欲しがったお菓子を一つと、それから自分たちの分ではないお菓子とジュースを買ってマンションに戻る。

そのまま家には戻らず、一階下の亮太の部屋を訪《たず》ねた。

インターホンを鳴らし、名前を告げるとすぐに亮太が玄関を開けてくれた。

「こんばんは」

「こんばんはー。今、帰り？」

問われて頷くと、亮太はすぐにしゃがみこんで駆と目を合わせると、

「駆くん、おかえり」

そう声をかける。駆は相変わらず絢の足に張りついたままだが、笑顔で「たーいま」と返した。

その返事に駆の頭を撫でると、亮太は再び立ち上がり、絢を見た。

「永尾さんも、おかえりなさい、お仕事お疲れ様。そんで、何かあった？」

少し首を傾げて聞いてくる亮太に、

「今日っていうか、初めて会った時からお世話になりっぱなしだなと思って、これ、そこのコンビニで買ったもので、お礼ってほどのものじゃないんだけど、よかったら……」

絢はコンビニの袋を差し出した。

「え？　そんなのいいのに……。嬉しいけど、気を遣わないで」

緩い笑顔を浮かべて言いながらも、

「でも、ありがたく……」

そう続けて、受け取ってくれ、中に入っているお菓子を見て、

「あ、季節限定味！　これ、超気になってたから、すごい嬉しい」

と、言ってくれた。

「そう？　よかったです」

気を遣って言ってくれているのか、本当かはよくわからないが、とりあえずほっとした。

その絢に、

「俺も、ちょっと永尾さんに聞きたいことあったんだけど、朝に会ったおじいちゃんたちとか、マンションの他の人とかに、永尾さんのことって、どこまで話していいのかなーって思って。親子ってことで通した方がいいのか、叔父さんと甥っこさんって話していいのか、ちょっとわかんなくて。どっちにしても、妙な噂《うわさ》になったら、おもしろくないなーって思って」

亮太は聞いてきた。

「そうですね……。駆には俺が父親だって刷りこむつもりはないので、他の人にも聞かれたら叔父と甥っ子だって伝えてください。兄夫婦が事故で亡くなって、俺が引き取って、駆くんを育てるのにいい環境のここに越してきたって」

今の駆の年齢なら、今から自分のことを父親だと思わせるように持っていけば、そう思いこませることは可能だろう。

だが、それは結局事実を知った時に駆に負担をかけることになる。

もちろん、最初の頃は迷ったが、下手に嘘をつくよりも、事実を伝えて生活していく方がいいと、弁護士の鹿島とも何度も相談して決めたことだ。

「わかった。じゃあ、聞かれたらそう言っとくね」

「お願いします。じゃあ、駆くん、おうちに帰ろうか」

絢が声をかけると、どうやら亮太とはずいぶん仲良くなった様子で、絢が促さずとも、駆は亮太に「ばいばい」と言って手を振った。

「うん、バイバイ、駆くん。じゃあ永尾さん、これ、ありがとう」

亮太はそう言ってコンビニの袋を軽く上げた。

「こちらこそ、いろいろありがとう。お邪魔しました」

絢はそう言って駆とともに、亮太の部屋を後にした。

そして自分たちの部屋に戻り、急いでご飯の支度をし——基本的には作り置きおかずの解凍なのだが、引っ越してきたばかりでちゃんと買い物もまだできていないので、今日はレトルトだ——駆と一緒に風呂に入り、寝支度を整えて、眠たくなるまで少し相手をしてやりながら、洗濯物を畳んだりする。

本格的に眠そうにし始めたら子供部屋に移動して絵本を読んだりしていると、あっという間に九時を回る……というのが、駆と暮らし始めてから続く日常だ。

健《すこ》やかな寝息を立てる駆の可愛い寝顔を見つめて和《なご》みながら、絢は保育園の連絡ノートを開く。

そこには、今日、駆がどんな風に過ごしていたかが書かれていた。

いつの間にか絢が出社していなくなったことに気付いた時には少しショックな様子だったが、亮太がとりなしてくれたこと。そして登園してきた他のお友達に紹介してくれ、自然と友達の中に入れるようにしてくれたことなども書かれていた。他の園児たちとはすぐに馴染んで、仲良く遊んでいたし、給食も残さず食べ、昼寝もちゃんとしたらしい。

そんな登園初日の報告に安堵するのと同時に、亮太には本当に世話になったな、としみじみ思う。

――年下なのに……。

大学生だと話していたので、二十歳そこそこだろう。

「すごい助かるけど、甘えないようにしないと……」

駆も懐いている様子だが、大学生には大学生のつきあいもあるし、そこそこ忙しいのは自分も通ってきた道だからわかる。

――優しい人だから、人が困ってるの見たら、見て見ぬふりとかできないだろうし……。気をつけないとな。

世間ではシングル・マザーやシングル・ファザーと呼ばれる人たちも増えている。その人たちだってちゃんとやっているのだから、自分も頑張らないと、と決意を新たにして、絢は中途半端になっている他の家事をするために、子供部屋を後にした。

3

「じゃあ、駆くん、いってらっしゃい」

保育園の教室の入り口で駆にそう声をかけて手を振ると、駆も笑顔で手を振り「いっしゃっしゃ」と舌ったらずな「いってらっしゃい」を返してくる。

初登園から十日。

駆はすっかり保育園に慣れて、普通にお別れができるようになった。

あの後、二日間、亮太が一緒に来てくれた。

「なんか心配で、俺が安心したいだけだから気にしないで」

と、いつもの緩い笑顔で言って、登園につきあってくれた。

翌日、駆は亮太と一緒になら門のところでお別れしてくれて、亮太と一緒に園庭へ遊びに行った。

三日目も同じくで、児島から連絡帳に「お友達もできたので、お友達がたくさん登園している時刻なら『お友達と遊ぶ』ことにすぐに興味が移って、上手にいってらっしゃいができるのではないかと思います」と書かれていたので、四日目はそれにチャレンジすることにした。

朝、いつものように住民たちとの朝の会合という名のお茶会を楽しんでいた亮太にもその旨を伝えると、「じゃあ、頑張って。ちゃんといってらっしゃいできるように祈ってるね」と言ってくれ、初めて二人で登園した。

駆は亮太が一緒ではないことが不思議そうだったが、園に着くと児島が駆と仲の良い園児と一緒に門のところで待っていてくれて、駆はその子に「ぶあんこしよ」と誘われ、即座に頷き、なし崩しに「いってらっしゃい」をしてくれて、あっという間に園の中に消えた。

子供の順能力の高さに感心するのと同時に、少し寂しい気もしたが、これで保険をかけて早い時間に登園しなくてもいいのだと思うと、ほっとした。

通勤時間が延びたこともあって、一時間以上早く起きていたのだ。

それで、少し長く眠っていられるようにはなったのだが、それでも疲れは溜まる。

駆は比較的おとなしい子だが、子供にありがちな予測不可能な行動を取るので、家に戻ってからも気が抜けない。

駆の手の届く場所には、危険になりそうな物は置かないように徹底しているが、ソファーの上で飛び跳ねてこけそうになったり、机の下に潜《もぐ》りこんでいることを忘れて立ち上がろうとして頭をぶつけたりすることは日常茶飯事だ。

それに、何より、家にいる時は基本、絢にべったりだ。

べったりくっつきむしなのは、兄夫婦がいた時も絢が遊びに行くとそうだったので、そのこと自体は特に負担ではない。

ただ、調理中などの危ない時だけ、待ってて、と離れていさせなければならないのだが、離れるとソファーで…という悪循環だったりする。

「ずっとおんぶひもでおんぶしてた方が、体力的にはキツいけど、駆くんも満足してくれるかもだし、どっちかっていうと楽なのかな……」

ある夜、絢は駆を寝かしつけた後、ふらりと外に出かけた。

そしてコンビニでコーヒーを買い、朝、亮太がよく顔馴染みの住民たちと話をしている前庭のベンチに腰を下ろし、コーヒーを口にする。

家でコーヒーを淹《い》れて飲めばすむ話だ。

でも、わざわざこうして出かけたのは、少し一人になりたかったからだ。

駆が可愛い。

そのことに変わりはない。

ただ、本当に少しだけ、一人になりたかった。

そんな自分を、駆に対して申し訳ないと思う。

——俺がもっと、ちゃんとした大人だったら……。

いや、整か詩織、そのどちらかだけでもいてくれてたら。

つい、そんなどうにもならないことを考えてしまうのは、保育園からの連絡帳に気になることが書かれていたからだ。

『生活環境の変化での一時的なものかもしれませんが、お絵かきの時に、黒や茶色といった色を選びがちなのが少し気になります』

子供のお絵かきには、心理的な面が表れやすいという。

駆に少なからず寂しい思いをさせている自覚はあるし、いろいろと不満も抱えさせているだろう。

だが、駆を引き取ると決めたのは自分だ。

いろんな選択肢の中で、自分がそう決めたのだ。

「うわ、ネガティブすぎて自分でどん引きする……」

取りとめなく浮かんでくるネガティブ思考に絢は苦笑して、また一口コーヒーを飲む。

そして少しぼんやりとしていると、マンションのアプローチを亮太が入り口に向かって歩いてくるのが見えた。

亮太もベンチに座っている絢に気付いたのか、人懐っこい笑顔を浮かべて、小走りに近づいてきた。

「こーんばーんは」

亮太の明るい声や様子に、胸の中で何かがはらりと解けたような気がした。

「こんばんは。……今、学校の帰り？」

「うん、そう」

「いつも、こんな時間に帰ってくるの？」

その問いに亮太は頭を横に振った。

「ううん、いつもはもっと早いよ。三年になって、履修する講義の数も減ったから。今日は仲の良い大学教授の研究室が引っ越しになって、その手伝い。焼肉食べ放題に連れってくれるって報酬につられちゃったんだよねー」

「じゃあ焼肉帰りなんだ?」

「ううん、それが、さっきまで引っ越しにかかっちゃったから、焼き肉は後日仕切り直しでって。今日は疲れただけ」

学生らしい、とでも言えばいいのか、他愛のない話に絢はほっとする。

「それで、永尾さんは?」

今度は亮太が絢に聞いてきた。

「ちょっと、息抜きにね」

何かをごまかすというつもりではなかったが、会社でも大抵の場合はそう返していたので、この時も同じように言ったのだが、亮太は、

「疲れてるでしょ?」

そう言い当ててきた。

「……まあ、ちょっとね」

言葉を濁《にご》す絢の隣に、亮太は腰を下ろし、そっと手を伸ばすと絢の額に指先を当てた。

「朝、挨拶する時に、眉間にしわ寄ってること多いから、ちょっとキテるかなーって、心

配してた」

その言葉に、そんなところを見られていたのかと、絢は苦笑いした。

「そんなとこまで見られてたんだ。育児と仕事の両立ってキビシーって思いながら、ちょっとヘコんでたとこ」

少し笑顔を作りながら言う絢に、亮太は額に押し当てた指を離し、

「おせっかいすぎるって言われるかもだから、とりあえず黙ってたんだけど、手伝えることあったら言って？　俺、子供受けはいい方だし」

笑いながら言ってくる。

「……ありがとう」

でも大丈夫、と続けようか、このまま切り上げてしまおうか僅《わず》かに迷っているうちに、

「念のために連絡先交換しよ？」

亮太は携帯電話を取り出した。

この流れで断るわけにもいかず、流れで連絡先を交換すると、

「わーい、永尾さんの連絡先ゲットー。電話帳のどこのグループに入れようかなー。『特別な人』ってグループ作ろうかなー」

嬉しそうに言う。

「ご近所さん、なんてグループ、作ってないの？」

「あるけど、やっと連絡先交換できたのにもったいないじゃん」

「もったいない、の基準がよくわかんない」

絢も笑いながら返すと、亮太は、

「ねー、永尾さんはＳＮＳなんかやってない？　俺『u＝Me《ユーミー》』ってとこに登録してるんだけど」

亮太が口に出したＳＮＳサービスは絢も知っていた。アメリカでサービスが開始されるやサービスコンテンツの利便性や、操作の簡単さなどが話題になって登録者数が急増し、少し前に日本でもサービスが開始されて話題になった。

「ううん、ＳＮＳ系は全然」

絢が答えると、

「あー、そうなんだ。もし気が向いて登録したら、俺と繋がってね。どこのグループに入れるかは家に帰ってゆっくり考えようかな。永尾さんは？　まだここでお茶してる？」

そう聞いてきた。

「……あー、俺も、もうそろそろ」

「だよねー。春って言っても、朝晩冷えこんじゃうから。永尾さん、絶対手ぇ冷たくなってるよ」

「大丈夫、コーヒーのカップ、温かかったし」

「えー、ホントに？」

亮太は疑わしいというように、絢の手に触れて確認してくる。

「あ、思ったほど冷えてない。ほっぺたとか鼻の頭のとことか、ちょっと赤いから、冷えてるのかと思った」

「顔にコーヒーのカップを当ててたら、また違ったかもしれないけどね」

笑って返すと、

「コーヒーなかったら寒いってことじゃん、それ。早く帰ろ、風邪ひいちゃうよ？」

亮太は触れていただけの手を、今度はしっかりと摑んで、立ち上がるのを促すように少し引っ張ってくる。

それはまるで、子供を促している時のように思えて、絢は苦笑しながら立ち上がると、亮太と一緒にマンションの中に戻った。

連絡先を交換したからといって、亮太から特にアクションがあるわけではなかった。

こちらの事情も、他の住人に比べればそれなりに知っている亮太なので、もしかしたらすぐにでもメールをしてきたりするんだろうかと思っていたのだ。

だが、ずけずけと入りこんでくるつもりはないらしく、そんなところに絢は安心した。

亮太はこちらの事情を知っているし、気にもかけてくれているが、あまり気にかけられすぎるとつらいというか、居心地が悪い。

でも、駆の初登園の時などは本当に助かったし、自分でもどうされたいのかがわからないので始末に悪いなと思う。

――手伝えることあったら言って？　――

気軽に言ってくれた言葉が脳裏に蘇《よみがえ》る。

社交辞令だと思っておいた方がいいことくらい、社会人になればわかる。

けれど、そんな社交辞令でも、もしもの時には頼れる先があると思えるだけで救いになることを、絢は今になって初めて知った気がした。

それでも、それで気が楽というか、自分の気持ちに少し折り合いをつけられるのは平時だけだ。

ある日、勤務中の絢の携帯電話に保育園から電話がかかってきた。

大抵の連絡は、メールかアプリで行われる。だが、電話の時は緊急の用件だと事前に言われていたので、何が起きたのかと、絢は慌てて電話に出た。

「はい、永尾です」

『あおい保育園の児島です。お仕事中にすみません』

「いえ。駆がどうかしましたか？」

甥っ子を引き取ったということは同僚たちも知っているが、やはり仕事中の私用電話は気が引けて、先を促した。

『実は、熱が出てしまって。園の規定でお預かりが難しいので、お迎えに来ていただけないでしょうか？』

大抵の保育園では、他の園児への感染を避けるため、園の規定を越えた熱を出した園児は早退させることになっている。

それは事前に聞いていたし、子供のいる同僚からも、小さい間はしょっちゅうだと聞かされていた。

実際、引っ越すまでの間にも何度か駆は急な熱を出していた。

だが、今までは保育園ではなくシッターに頼んでいたので、そんな時でもずっと預かってくれていたのだ。

「……わかりました。できるだけ早く迎えに行きます」

『すみませんが、お願いします。保健室でお休みしてもらっていますので、直接そちらにお願いします』

では、と児島は電話を切り、絢も通話を終えると、小さく息を吐いてから部長の席へと向かい、早退したい旨を告げた。

「今日のスケジュールに、アポと今日締めの仕事は？」

「どちらもありません」

「だったらいいよ。まあ、あっても、ちゃんと引き継ぎしてくれれば」

事情を知っている部長は、あっさりと許可をくれ、絢は気になる案件だけ引き継ぎをして急いで退社し、保育園に向かった。

児島に言われた通り、教室ではなく、保健室に向かうと、駆はベッドに寝かされていたが、眠っていたわけではなかったようで、絢の声に体を起こした。

そして泣き出しそうな顔をして、

「じゅーく……」

絢の名前を呼んだ。

「駆くん、お熱出たんだって？」

優しく声をかけながらベッドに近づく。だが駆には、熱が出ている、ということが理解できていないらしく、ただいつもと体の調子が違う不愉快さでご機嫌斜めといった様子だ。

「同じクラスで、風邪でお休みしている子がいるので、もしかしたら駆くんも風邪かもしれません。ただ、熱が出ている以外に咳も鼻水も見られないので、この年頃の子にありがちな発熱かもしれないのですが」

保健医はそう言いながら、駆の額に手を押し当てた。

「まだ、ちょっとお熱出てるねぇ。今日は、おうちに帰ってゆっくりお休みしようね」

その言葉に、駆は頷き、甘えるように絢に手を伸ばして、抱っこをせがむ体勢になった。

「うん、おうち帰ろうね。その前に、上着を着ようか」

ベッドの傍《かたわ》らにはカバンと上着、帽子が置かれていた。教室にあったものを持ってきてくれたらしい。

上着を着せて帽子を被らせ、そして駆のカバンと自分のカバンを片方の腕にかけてから、駆を抱き上げる。

ギュッと抱きついてくる駆に、たまらない気持ちになりながら、絢は駆を連れてマンションに戻った。

病院の昼の診療受け付けはすでに終わっていて、夕方の診療受け付けまではマンションで休ませることになった。

幸い、駆は絢が一緒にいることで安心したのか、少しぐずっていたものの、ソファーで抱っこをしながら絵本を読んでいると、そのうち眠ったので、そのまま寒くないようにソファーの上で布団をかけて眠らせた。

駆が寝ている間に、会社に連絡を入れる。

特に問題は起きていないらしく、ほっとして電話を切った。

駆が寝ている間に洗濯物を畳んで、それから持ち帰った仕事の資料に目を通しているうちに病院の夕方の診療受け付けの時間になったので、駆を起こして病院に連れていった。

初めて診療を受ける病院なので、問診や一通りの検診に少し時間はかかったが、少し喉が赤いので初期の風邪だろうが、熱はすでに下がっていたため、そっちは子供によくありがちな突発性の熱ではないかという話だった。

風邪に関しては特に薬を必要とするほどでもないので、喉のためのトローチだけが処方された。

駆は初めての病院で不安そうにしていて、病院の中でも帰る時も、絢にべったり抱っこされたままだった。

駆を抱いたままマンション前のアプローチに差しかかると、エントランス前のベンチでは、亮太がよく顔を見る住人の老人たちと喋《しゃべ》っていた。

「あ、永尾さん。今日は、帰ってくるのすごく早くない？　もしかして、今日、会社お休みだった？」

すぐに亮太が絢に気付いて、声をかけてくる。

「いえ、駆くんが熱を出したので、早退したんです。今。病院へ行って、診察を受けてきました」

絢が説明すると、

「あーらら、大変じゃん。駆くん、まだ熱あるの？」

困ったような顔をして、問い重ねてきた。

「もう熱は下がってるんだけど……、初めての病院だったから、いろいろ不安だったみたいでご機嫌斜めっていうか……」

「わかるー。俺も初めての病院とか行く時、超不安だし。駆くん、怖いの駆くんだけじゃないから安心してー？」

いつもの笑顔と柔らかな口調で言いながら、亮太は駆の頭を撫でる。

駆は意味がわかっているのかいないのかわからないが、亮太の表情や口調から何かを感じ取ったらしく、小さく頷いた。

「超いい子だねー」

「駆くん、いい子だって褒められたね。良かったね」

絢がそう言うと、少しだけ駆は笑った。

「じゃあ、駆、寝かせてきます」

やりとりを聞いて、少し心配そうに駆を見ている老人たちに会釈をして、絢はマンションの中に入った。

駆を子供部屋の布団に寝かせようと思ったのだが、部屋には戻りたくない様子だったので、再びリビングのソファーに寝かせる。

「駆くん、今から俺、ご飯の準備するから、モンスーンといい子で待っててくれる？」

絢はそう言って、駆の好きなアニメの主人公のぬいぐるみを駆の傍らに置いた。

「もーすー、いっちょ」

「うん、一緒に待ってて」

駆の頭を撫でて言い、絢がキッチンに向かった時、携帯電話にメールの着信があった。

会社からかと思って確認すると、亮太からだった。

『夕ご飯、もう食べた？』

短い問いのメールに「これから作るところ」と返すと、またすぐに返信があった。

『今から、部屋に行っていい？』

一瞬、どうしようか迷ったが、駆のことを心配してくれてるんだろうと思って、いいよ、と返すと、十分ほどして、部屋のインターホンが鳴った。

玄関モニターで確認するとやはり亮太だったので、迎えに出ると、亮太は片手鍋と、何やら風呂敷包みを持っていた。

「いらっしゃい……。どうしたの？　その鍋」

とりあえず、鍋について聞く。

「ご飯、これから作るって言ってたから、いただきものの横流しで悪いんだけど、カボチャの煮物と、あと、常備菜っていうのかなー、なんかいろいろ」

「え……、白崎くんの夕ご飯は？」

「俺の分は家にちゃんとあるよー。だから、気にしないで」

話す亮太の声を聞きつけたのか、リビングにいた駆がモンスーンのぬいぐるみを抱いて玄関に顔を見せ、亮太を確認すると、

「りょーたく！」

てててっと小走りになって、亮太の足に抱きついた。

「ちょっと元気出たみたいだねー」

声をかける亮太を見上げて、駆はぬいぐるみを亮太に見せる。

「もーすー」

「あー、ほんとだ、モンスーンだ」

「あっち、しうろーいゆ」

「シクローンもいるんだ？」

亮太がキャラクターの名前を上げると、駆は嬉しげに笑い、

「こっち!」

亮太のズボンを引っ張って連れていこうとする。

「駆くん、ダメだよ。亮太くんは忙しいんだから」

絢の言葉に、駆は不満そうに唇を尖《とが》らせ、眉根を寄せる。

もともと機嫌が良くなかったので、いつもなら窘《たしな》める程度の言葉なら受け流すのだが、今日は今にも泣き出しそうな様子を見せた。

——あ…、泣かれたらマズい……。

今日のような機嫌の悪い日に泣くと、泣きやむまでが長い。その後もずっとグズグズ泣いていて、お風呂や寝かしつけにまで支障が出るのは、これまでの経験でよくわかっている。

どうしようかと悩んだ時、

「永尾さん、ちょっとだけ、ダメ?」

亮太が少し首を傾げて聞いた。

「ちょとらけ、じゅーく、ちょとらけ」

駆も同じように重ねてきて、絢はそれに頷いた。

「じゃあ、ちょっとだけだよ」

そう言うと駆は、さっきまでの泣きそうな顔が嘘のように笑顔になり、頷いた。

それを見て安堵しながら、絢は亮太を見て、昼だけで「ごめんね」と謝る。

助け船を出してくれたのだということくらいは、簡単に理解できたからだ。

それに亮太はちょっと笑うと、

「じゃあ、お鍋とこれ、預けるねー。お邪魔しまーす」

絢に鍋と風呂敷包みを渡し、駆と手を繋いでリビングに向かった。

すぐにリビングからは駆がぬいぐるみを披露する楽しげな声が聞こえてきて、亮太もうまくその相手をしている。

その声を聞きながら、なんとなく絢は苦笑した。


すっかり亮太に懐いた駆が、ご飯だよと声をかければ「りょーたくも、いっちょ!」と言い出すのは、当然と言えば当然の流れだった。

絢は、駆がそう言い出すんじゃないかと予測していたし、亮太も想定してくれていたらしい。

結局三人でご飯を食べることになった。

駆は、亮太に褒められて、いつもなら残しがちな野菜も全部食べるいい子っぷりを発揮し、食後にはまた亮太に、自分のおもちゃコレクションを見せていた。

だが、急な発熱があったり、初めての病院に行ったりで、駆は思いのほか疲れていたらしく、コレクションを披露しながら首をこっくりさせ始め、そのうち寝入ってしまった。

「お布団に寝かせてくるから、白崎くん、ちょっと待ってて。コーヒー、淹れるから」

亮太にそう言って、絢は駆を起こさないようにそっと抱き上げて子供部屋に運ぶ。

布団に寝かし直してもぐっすり眠ったまま身じろぎすらせず、夢の中だ。

「駆くん、おやすみ」

小さな声で囁《ささや》いて、絢はリビングに戻った。

リビングでは亮太が駆の出してきたコレクションをしまってくれていた。

「あ、ごめん……」

「どういたしましてーっていうか、駆くん、えらいねー。一つ出したら一つしまうっていうの、ちゃんとできてて」

亮太が駆のことを褒める。

おもちゃをあれこれ出してきていたが、駆は新しいものを出しに行く時、先に出していたものをちゃんとしまう。

それは保育園からの連絡でも褒められていたことだ。

「兄夫婦の躾《しつけ》の賜物《たまもの》だよ。俺は、何も教えてないから。コーヒー、砂糖とかミルクとか、いる？」

「ううん、ブラックで大丈夫」

「ちょっと、待ってて」

絢はそう言ってキッチンで湯を沸かし直しながら、ドリップの準備を始める。

「わー、インスタントじゃないんだ」

駆のコレクションをしまった亮太が、キッチンに入ってきて言った。

「朝とか、忙しい時はインスタントだけど、駆が寝て、少し時間ができたらこれで淹れてる。俺のちょっとした贅沢《ぜいたく》」

両親が食後のコーヒーはドリップして飲む人たちだった。

整もそれを受け継ぎ、絢もコーヒーを飲むようになってからは、時間のある時は、ドリップして飲むことが多かった。

立ち上るコーヒーの香りがダイニングキッチンを満たしていく。

「いい匂い」

「前に住んでたところの喫茶店で売ってた豆」

「じゃあ貴重なんじゃないの？　いいの？　俺に出して」

亮太の言葉に、絢は笑った。

「買いに行けない距離じゃないし、新しいブレンドをいろいろ探して回るのも楽しいだろうし……、早く飲まないと酸化が進んじゃうから」

駆との生活のペースに慣れなくて、コーヒーをドリップして飲む余裕がない日も多かったので、豆が少し余りがちになっていた。

焙煎《ばいせん》して挽《ひ》いてある豆は酸化してしまうので、どれだけ保存に気を配っても、時間がたてば味が落ちてしまう。

「じゃあ、遠慮なく」

「うん、そうして」

亮太の言葉に軽く返し、絢は抽出の終わったコーヒーをカップに注ぐ。

そして、そのままダイニングテーブルでコーヒーを飲んだ。

「今日は、ごめんね。おすそわけ持ってきてくれただけなのに、こんな時間まで駆の相手をさせて」

謝った絢に、

「こっちこそっていうか、横流しのおすそわけ持ってきて、一緒にご飯食べて、ちっちゃい子に癒されてーって、いいことずくめなんだけど」

亮太は笑って言い、コーヒーをすする。

「あ、すごいおいしい！」

「そう？　よかった」

「こんなおいしいコーヒー家で飲めるのに、コンビニで買って外でって……やっぱりこの前、結構追い詰められてた感じ？」

先日、夜のベンチでコーヒーを飲んでいたことを言われ、絢は苦笑いする。

「ほんのちょっとだけ。それで気分転換にコーヒーって思ったんだけど……後片付けとか考えたら、億劫《おっくう》になっちゃって。コンビニのコーヒーもおいしいからそれでいっかーって」

今思えば、本当はかなり追いつめられてたなと感じるが、そんなことまで話す必要もないので、少しだけと嘘をつく。

その言葉を信じたのか、敢《あ》えてかわからないが、亮太はそれ以上追及してこなかった。

「確かに、コンビニのコーヒーもどんどん進化してる感じはあるよねー」

「企業努力ってすごいよね」

同意した絢に頷いた後、亮太は駆のことを聞いた。

「駆くん、熱はもう下がってたみたいだけど、もう大丈夫なの？」

「先生は、ちょっと喉が赤いから風邪かもって。でも、初期だからむやみに薬を処方するのもって感じで、トローチだけくれた。熱は多分、子供にありがちな突発性のものだろうって。だから、明日はちゃんと保育園に行けると思う」

というか、そうであってほしい。

仕方がないこととはいえ、事前の申請なしに会社を休まねばならないのは気が引ける。

「もし、朝になって、また熱が出てたりしたら預ける宛てってていうか、そういうのは？」

「一応、風邪や軽い熱程度なら預かってくれるサポートセンターみたいなところは調べてあるよ。……使わないですむ方がいいんだけど」

「じゃあ、安心。でも、もし、何かあったら、俺、駆くんを預かるよ」

亮太は不意にそう申し出た。

「大学は一日くらい休んでも大丈夫だし、うちって、俺しか住んでないから」

「え……？　白崎くんが？」

亮太の言葉に絢は少し驚いた。

「一人暮らしだったんだ……」

「うん。もともとここは俺のおじーちゃんとおばーちゃんが住んでて、俺が途中から一緒に住み始めた感じ。で、二人ともう死んじゃって、今は俺一人で住んでる。いつも、一緒にいるおじーちゃんとか、おばーちゃんとかは、うちのおじーちゃんとおばーちゃんのお友達だったんだ。それで、俺のこともよく知ってるから気にかけてくれてる」

「そうだったんだ……」

そう答えて、一瞬、亮太の両親はどうしているのかが気になったが、自分から話さないことは聞かない方がいいだろう、と聞くのはやめた。

「そう。だから、気軽に暮らしてるから、何かあったら連絡して？」

そう言ってくれるのに、絢はただ、ありがとう、とだけ返す。

それに亮太は、口元だけで笑った後、

「そういえば、今日、駆くんが来た時、俺のこと『白崎くん』じゃなくて『亮太くん』って呼んだでしょ？」

確認するように聞いた。

「え…、そうだった？」

覚えていないが、駆が亮太のことを『りょーたく』と呼ぶので、つられてそう呼んだかもしれない。

「ごめん」

気に障《さわ》ったのだろうかと思って謝ると、

「あー、そうじゃなくて、駆くんが混乱してもアレだから、亮太って呼んでもらった方がいいかなーって。ここの人たちもほとんど俺のこと、下の名前で呼ぶし」

亮太はそう提案してきた。

「白崎くんがそれで問題ないなら……」

「ないない。じゃあ、これから『亮太くん』で」

「わかりました。じゃあ、『亮太くん』」

わざと名前を呼ぶと、亮太はやはりいつものように緩く笑って、その顔に絢はどこか力が抜けるのを感じた。

◇◆◇

幸い、駆の熱がぶり返すことはなく、翌日は保育園に行くことができた。

絢も出社し、早退後にあったこまごまとした件の引き継ぎをして、通常業務に戻った。

だが、数日後、再び駆が熱を出し、絢は早退せざるを得なくなった。

この前の今日で、いたたまれない気持ちになった。

部長は子供がいるので「この前の今日だからこそ、だろう」と理解を示してくれたのだが、それでも気は重かった。

——この前みたいな突発的な熱かな……。

咳も鼻水も出していなかったし、声もおかしいという感じではなかった。

だが、今回は迎えに行っても熱がつらい様子でぐったり、という感じだった。

急いでマンションに連れ帰り、病院の診療時間まで寝かせておくためにバタバタとしていると、携帯電話が鳴った。

それは亮太からのメールだった。

『帰ってきてるの？　何かあった？』

その問いに『駆くんが熱を出して、帰ってきました』とだけ返すとすぐに電話がかかってきた。

『永尾さん、忙しくしてるとこ、ごめんね。何かいるものある？　氷とかの冷やす系のものとか』

亮太にそう聞かれて、

「あ……」

絢は、しまった、といった様子で声を漏らした。その声だけで察したのだろう。

『氷、うちにあるから、取り急ぎ持ってくね』

亮太はそう言って電話を切った。

それから間もなく、亮太がボウルに氷を入れて来てくれた。

「永尾さん、氷持ってきたよー」

「ありがとう……助かる……」

礼を言った絢に、

「氷嚢《ひょうのう》？　水枕？　物を出してくれたら俺、準備するから」

亮太が聞き、そこでまた、そもそも冷やすための準備がないことに気付く。

「あ、ヤバい、それもない。買ってこなきゃ。待ってて」

絢が焦《あせ》って買いに行こうとしたが、その手を摑んで亮太は止める。

「待って、ちょっと落ち着こ？　大人サイズになっちゃうけど、水枕うちにあるから持ってくるねー。永尾さんは、氷、一旦冷凍庫にしまって、駆くんについてたげて」

亮太はそう言うと氷の入ったボウルを絢に託して、自分の部屋に戻っていく。

そして五分少しで戻ってきて、手早く水枕の準備をしてくれた。

「りょ……たく……」

部屋に入ってきた亮太を見て、駆は情けない声で名前を呼ぶ。

「駆くん、お熱出ちゃったんだってー？　今、冷たいので冷やしたげるからね」

柔らかな口調で言って、駆を抱き起こした。そして水枕をセットし、駆の首にタオルを巻く。何かが入っているらしく、首の両横辺りが膨《ふく》らんでいた。

「そのタオルって……？」

「ケーキとか買った時についてくる保冷剤あるでしょ？　あれ包んでんの。首の横の大きい血管冷やした方がいいって、俺が熱出した時、ばーちゃんがよくやってくれたから」

保冷剤使うとか、生活の知恵だよねーと、笑って言いながら駆を寝かし直し、やはり保冷剤を包んであるという濡れタオルを駆の額に載せる。

「わきの下とか太ももの付け根とか、そういうとこも冷やすといいらしいんだけど、冷えすぎたら寒いかもだから。この後病院行くんでしょ？」

「うん……、診療時間になったら…」

「じゃあ、それまでこれで様子見する？」

それに絢が頷くと、亮太は笑う。そして、駆に視線を向けた。

「駆くん、おめめ閉じて？　ちょっとおやすみしよ？」

亮太が言うと、駆は大人しく目を閉じた。

その駆の頬に優しく指先で触れる。

ほどなくして駆は寝息を立て始めた。

完全に寝入ったのを見計らってから、亮太は絢を見て小さな声で、

「ちょっと、休憩しよっか？」

と言い、立ち上がった。

それに続いて立ち上がり、子供部屋のドアは開けたまま――駆に何かあればすぐに気付けるように――で部屋を出た。

とりあえずインスタントでコーヒーを入れ、リビングに落ち着く。

そしてコーヒーを一口飲んでから、絢はため息をついた。

「亮太くんがいてくれて、すごい助かった……」

「そう?」

「何をすればいいのかとか、どうしてやればいいのかとかわかんなくて。この前も熱を出してるんだから、その時にいろいろ準備しとけばよかった」

あの時は、すぐに熱が下がったから、油断していた。

子供は何があるかわからないから、常に備えておかなければいけないことくらい、少し考えればわかりそうなものなのに。

落ちこむ絢に、

「いきなり二歳児の保護者やってるんだから、全部に備えようっていうのは無理だよ」

亮太はそう言って慰めてから、

「駆くんも心配だけど、俺、永尾さんも心配なんだよねー。毎日遅くまで起きてるっぽいし……。ちゃんと寝てる? 大丈夫?」

そう聞いてきた。

「ちょっと、持ち帰ってる仕事があったから……。っていうか、俺が遅くまで起きてるって知ってるってことは、亮太くんもその時間まで起きてるってことだよね？　朝は駆くんの登園時間には下でコーヒー飲んでるし、亮太くんこそ、ちゃんと寝てるの？」

ごまかすように笑いながら言って逆に問えば、

「俺、昼寝しちゃうタイプだから。ほら、寝る子は育つって言うでしょ？　おかげでこんなに大きくなっちゃって」

亮太も笑って返してくる。

「ホントに、大きく育ったよね」

深く突っこんであれこれ聞こうとしない亮太に安心して言うと、亮太は、でしょ？　と言った後、

「でもさー、永尾さんのことが心配なのはガチだから、何でもいいから、困ったらちょっとは頼ってほしいっていうか、相談ってほどじゃなくても話してくれたら、何とかできることもあると思うよ？」

そう続けてくる。

「……ありがとう」

その後、どう言えばいいのかわからず、このまま少し気まずい沈黙になるのかなと思った時、絢の携帯電話が着信音を響かせた。

それは会社からの電話だった。

「ごめん、会社からだ」

亮太に断ってから、電話に出る。

「もしもし、永尾です」

『あ、永尾さん。お忙しいところすみません。一条《いちじょう》興産の件なんですけど……』

抱えているクライアントの名前を出され、絢は身構える。

「何かありましたか」

『企画変更があって……』

「また？　もう……」

その会社は途中での変更をよく言ってくるので有名で、前任者も苦労していた。とはいえ、大口で、まとめれば実績が上がるので逃したくない案件だ。

「……ああ、その程度の変更でしたら大丈夫です。共通ファイルの中に一条興産の今回の企画に関したものがあるのでそのファイルを開いてもらえますか」

頭の中に会社で使っているパソコンの画面を想像し、電話で指示を出していく。

「……はい、そちらに連絡をして、昨日発注の商品について停止してもらうようにお願いしてもらえますか？　……すみません、よろしくお願いします」

一通りのリカバリー指示を出して電話を終え、切ろうとすると、電話相手が部長に代わり、明日は出社できそうかどうか確認された。

「今のところまだ何とも……。熱が高いようだと、サポートセンターにも頼めないので、もしかしたら休むことになるかもしれません」

そんなことにならないように願うが、これぱかりはわからない。

部長は特に何も言わず、わかった、お大事に、とだけ言い、それで電話を終える。

そして一息つくと、

「お疲れ様」

亮太が労《ねぎら》いの言葉をかけてきた。

「会社、なんかトラブルっぽいけど大丈夫？」

「トラブルってほどのことじゃないよ。大丈夫」

「明日、もし駆くんの熱が高かったら、俺、みてようか？」

心配して言ってくれているのに、絢は頭を横に振った。

「ありがとう。でも、有給あるし、とりあえずそっち先に使っちゃう。働き方改革とかっていって積極的な有給休暇の使用をせっつかれてるしね」

そう言って、やんわり断った。

「そう？　じゃあ、大変になったらいつでも言って？」

亮太はそう言ってから、

「そう言えば、電話してる時の永尾さん、超格好良かった。バリバリ仕事できる社会人って感じで」

相変わらず緩い笑顔で続ける。

「バリバリ仕事できてるかどうかわかんないけど、もう社会人になって五年だから、その間多少揉まれました」

「五年前かー。俺、まだ高校生だったなー」

その言葉に、計算が合うような合わないような微妙さを感じた。

――ギリ合うのかな……？

とはいえ、大学にストレートで入ったのでなければそういうこともあるだろうし、確認しなければならないほどじゃないなと、と自己解決する。

亮太はコーヒーを飲み終えると、『何かあったら、すぐ呼んでね』と言って、帰っていった。

亮太が来てくれて助かったなと思うのと同時に、いなかったらどうしていたんだろうと怖くもなる。

「もっとしっかりしろよ、俺。やるしかねーぞ」

一人になったリビングで、絢は自分を鼓舞《こぶ》するように呟いた。

病院に連れていったところ、風邪だと診断された。

駆は熱のせいでまだぐったりとしていたが、院内には駆と似た年齢の子供も多く来ていて、寒暖差の激しいこの時季は、まだ患者が多いようだ。

病院から戻っても駆は、熱があるのが不快で不安なのか、いつも以上に絢にひっついて離れようとしなかった。トイレに行くだけでも泣き出すくらいで、入浴ができたのも、夕食を食べられたのも、駆が寝入ってからのことだった。

そして翌日になっても駆の熱は下がらないままで、サポートセンターに頼むことができず、結局仕事を休むことになった。

しかし、熱は多少高いものの、寝こむような感じではなく、絢が側にいれば大人しくテレビを観たり、絵本を眺めたりして過ごしてくれているのは不幸中の幸いだろう。

それでも、会社からは昨日の企画変更の件や、他に抱えている仕事などの進捗《しんちょく》についてなどいろいろな連絡が入ってきて、気が焦る。

──あー、あの企画書、明日シメだったな……。資料見ないとだから、早めに出社…は無理っていうか、明日行けんのかな……。

膝の上でお気に入りのぬいぐるみを片手に抱きながら、絵本をぴらぴらとめくっている駆を見ながら思う。

「じゅーく、ぞーさ」

象の絵を指差し言う駆に、

「うん、ぞうさん。お鼻長いね」

そう返してやりながら、絢はどうにもならない焦りと戦うしかなかった。

4

駆の熱は一日でなんとか下がり、保育園に連れていくことができるようになった。

だが、熱が収まってから咳や鼻水などの症状が出始め、本人もわずらわしいのか、ご機嫌斜めなことが多かった。

体の調子が悪いのは可哀想《かわいそう》だと思うのだが、絢には治してやることはできないので、何とか宥《なだ》めて過ごすしかなかった。

そして、やってきた土曜。

週休二日の絢は、週末二日間は休みだ。

絢は駆を連れて近所のスーパーに買い出しに向かった。

大がかりな買い出しは週に一度。

一週間分の大まかな献立を決めて、土日である程度までの下ごしらえをすませ、後は総菜などを週の途中で買い足して乗り切る、というのが流れだった。

ただ、この買い出し作業は絢にとって、多少骨が折れるものだったりもする。

それというのも、スーパーという様々な商品の並ぶ場所は駆にとってワンダーゾーンでもあるからだ。

それに、子供にとって「広い場所」になるスーパーは、走り回りたくなる場所でもあり、普段はおとなしい駆でもテンションが上がって、少し目を離した隙にちょこちょこと走り出す。

「駆くん、ダメだよ」

それでなくとも商品に勝手に触ろうとしたり、気を遣う。

今も、野菜に触ろうとして手を伸ばしていた。

買うつもりの商品なら、駆が触って傷を付けたとて、買えばいいのだが、そうでない商品は困る。

「みろい」

「うん、緑だね」

言いながら、抱き上げてベビーカーに座らせようとしたが、嫌がった。

普段ならスーパーまではベビーカーで来るのに、今日はなぜか嫌がって、歩きたがったので、到着までも時間がかかってしまっていた。

――あんまりここで時間取ると後の予定が狂ってきちゃうんだけどな……。

子供との生活で時間通りに事が運ぶことなどないと、多少はわかっているつもりだが、それでもここのところの駆の機嫌の悪さに振り回されて、絢も少し苛立《いらだ》っていた。

そして、それはお菓子売り場で起きた。

「駆くん、モンスーンのクッキーカゴに入れただろ？　もうダメだよ」

買い物の時のおやつは、一つだけと決めている。

夜まで保育園にいるので、家でおやつを食べる時間がないから、それで充分足りるからだ。だが、今日は気になるお菓子が他にもある様子で、なかなか売り場から離れようとしない。

「駆くん」

名を呼ぶと、駆はもう一つお菓子を手に取り、絢に差し出した。

「こっちが欲しいの？　じゃあ、こっちは売り場に戻そうね？」

「やー！　もーすー！」

そう言って先にカゴに入れていたクッキーの箱を棚に戻そうとすると、

「じゃあ、そのお菓子は買わないよ」

「や！」

「嫌じゃないの、ダメ」

「やーぁ！」

駆が甲高《かんだか》い声で『嫌』を伝えてくる。

いつもの絢なら根負けして、仕方ないなと応じてやれただろう。

だが、募っていた苛立ちから、

「駆！」

思わずきつい口調で呼び捨てにしてしまった。

それに駆は怯《おび》えたような表情を見せた後、

「あーぁ……っ、あぁーーーん」

駆はお菓子を手にしたまま、大泣きし始めた。

それに絢はハッとして、駆の前に膝をつく。

「ごめんね、大きな声出して。びっくりしたね」

そう言って抱き上げる。

駆が抱き上げられるのを嫌がらなかったことにほっとしつつ、絢はベビーカーにカゴを載せ、駆を抱いたままでレジに急いだ。

もう少し見たい商品はあったが、泣きじゃくる駆を連れてスーパーにいるのは無理だった。

レジをすませ、持ってきていた抱っこひもで駆を抱き、ベビーカーに買った荷物を載せてマンションに急いだ。

マンション前の例のベンチでは、今日も亮太が老人たちと楽しげに話をしていて、絢を見ると声をかけてきた。

「永尾さん、駆くん、おかえりー」

そう言って近づいてきて、まだぐずぐずと泣いている駆に気付いた。

「あれー、駆くんどうしちゃったの？　ご機嫌斜めっちゃった？」

その問いにバツの悪い思いをしながら、

「さっきスーパーで……おやつを買うのにもめてちょっと強めに叱《しか》っちゃって」

そう告げると、亮太は、駆の頭を撫でながら、

「駆くん、絢くんの言うこと聞かなきゃダメだよー？　モンスーンはお兄ちゃんのシクローンとの約束、ちゃんと守ってるでしょー？」

優しい声で、駆の好きなアニメのキャラクターの名前を出す。

駆は「もーすー、おかし…」と小さな声で呟く。

「モンスーンのお菓子買ってもらったの？」

亮太は単語から駆の言わんとしていることを汲み取る。それに駆はまだ涙の残る目で、それでもちょっと嬉しそうに笑って頷いた。

「よかったねー。何のお菓子？」

「くっき…」

「クッキーかぁ。俺も駆くんの真似して、後で買ってこようっと」

亮太はそう言ってから、駆の頬に残る涙の跡を指先で拭ってやり、

「じゃあ、今からおやつ食べておいで」

そう言うと手を離した。

それをタイミングに、絢は亮太に唇の動きだけで「ありがとう」と告げ、ベンチにいる老人たちに会釈をして、マンションに戻った。

駆相手にキレたことに、自分の非を責められるのではないかと思っていた絢は、亮太が

そのことに触れずに駆の相手をしてくれたことにホッとしていた。

それと当時に、亮太が難なく駆の機嫌を直してしまうことに対して、自分の無力さも感じた。

気落ちしたせいか、その日の夕方から、絢は少し体の重さを感じていた。

週が明け、出社した時には少し咳も出始めていて、恐らく、駆の風邪がうつったのだろうと思われた。

当の駆はと言えば、日曜に遊びに来た亮太——昨日のことを心配して来てくれたのだろうと思う——に相手をしてもらったのと、風邪もずいぶんよくなったのとでご機嫌で登園してくれた。

「ここで俺がヘタるわけにいかないからなぁ……」

自分一人だけなら、病気になっても部屋で寝ていればすむ。

だが、そうなったら駆の世話をする人がいなくなる。

「ちょっとお高いけど、風邪薬に栄養ドリンク併用しとこ……」

昼休みに会社近くのドラッグストアに行って、風邪薬と、栄養ドリンクを買い、飲む。

併用したのが良かったのか、時々咳は出るものの、症状が重くなることはなかった。

しかし、その翌日、ショックなことが起きた。

ずっと狙っていたプロジェクトリーダーの発表があったのだ。

筆頭候補に挙がっていたのは、絢と、それから同期の後藤《ごとう》という男だ。

どちらが選ばれてもおかしくない、というのが周囲からよく聞く言葉だったし、絢も後藤も同じく「あいつなら」と思ってもいた。

だが、実績で上回っていたのは絢だ。

しかし、リーダーに決まったのは、後藤だった。

その後、どう仕事をしていたのかは覚えていない。

それでも、ルーチンワークになっている仕事はきちんとこなしていた。

そして昼休みが来て、昼食のために部屋を出ていく社員たちと同じように、昼食を買いに行こうと席を立った時、部長に声をかけられた。

「永尾、ちょっといいか?」

何やら書類を振っていて、提出していた書類のことで何かあったのだろうかと思いながら部長の許に向かう。

部長は書類を見せて、どうでもいいと思えるような確認をしてきた。

「ああ、そう処理をしてあるんだな。わかった」

「いえ、詳しく書かなくてすみませんでした」

確認しなければならないような書類の書き方をしていたことを謝ると、

「……いや、わざわざ確認しないとならないようなことでもないんだが…、ちょっと人がいたからな」

部長は言った。

書類の確認をしている間に、部屋からはほとんど社員がいなくなっていた。残っているのは弁当を持ってきている社員だけだが、部長の席からは離れていた。

「プロジェクトリーダーの件だが」

「……はい」

「最後まで、おまえと後藤のどちらかでもめた。だが、最終的に、甥っ子さんのことで大変な今のおまえに、プロジェクトリーダーとしての責任まで負わせるのは難しいだろうと判断した」

部長の言葉に、絢は胸の奥で、ああ、と嘆息する。

「引っ越して間もないし、甥っ子さんもおまえも、環境の変化でいろいろあるだろうしな。……次のプロジェクト期には落ち着いてるだろうと思うから、期待してるぞ」

「ありがとうございます、いろいろ」

言った自分の声が、酷く虚《うつ》ろなものに思えた。

「後藤は真っすぐだが、すぐテンパる。おまえの助けが必要になると思う。その時は、助けてやってくれ」

部長の言葉に、絢はただ頷いた。

「話はそれだけだ。引きとめて悪かったな」

「いえ。……失礼します」

絢は軽く頭を下げて、部署を出た。

自分の実力は、ちゃんとわかってもらえていた。

『家庭の事情』。それに対する配慮の結果が、自分にとって救いなのか、悔しいのか、絢にはわからなかった。

もちろん、自分でも今の状況で仕事に全精力を傾けることができないことはよくわかっている。

部長たちの判断が間違っていないことも。

ただ——思いのほか、ショックだったのだろう。

「じゅーく、ごほごほ」

「うん、ごめんね、ちょっと咳が止まんなくて……」

寝かしつけの絵本の最中で咳きこんだ絢に駆が声をかけてくる。

気落ちしたせいなのか、それとも単純に薬が効かなかっただけか、風邪は一気に悪化していた。

駆は絢にぴったりと身を寄せると、小さな手を伸ばして、ぽんぽんとわき腹の辺りを叩いてくる。

それは多分、駆が咳をする時に背中をさすってやっているのを、真似ているのだろうとわかった。

そんなささやかな優しさが嬉しいのと同時に、罪悪感に駆られる。

――もし、駆を引き取っていなかったら――。

一度も考えたことがないと言えば嘘になる。

でも、自分で決めたことだ。

そう自分に繰り返し言い聞かせてきた。

けれど、自分で決めたはずのことなのに、また同じことを考えてしまう。

そんな自分が極悪人のように思えてくる。

それなのに、駆は、絢のことを気遣ってくれるのだ。

「ありがとう、駆くん。続き読もうね」

咳が少し収まった絢は絵本の続きを読み始める。

しばらく心配して絢の顔を見ていた駆だが、そのうち絵本に視線を戻し、ややすると寝入った。

健やかな寝息を立てる駆の様子をじっと見つめていると、言いようのない幸福感のようなものを確かに感じる。

もし、駆が生まれておらず、兄夫婦が亡くなっていたら、肉親と呼べる相手がいなくなっていたのだと思うと、とてつもない「恐怖」が足元から襲ってくる。

――これでよかったんだ……。

側に確かにあるぬくもり。

駆を残して逝った兄夫婦を思えば、胸の奥底から悲しみと罪悪感がこみ上げてくる。

どんな怪我をしていても、生きていてくれたら、相談することだけでもできていたら。

そう思うのと同時に、もうあの二人は永遠に駆を抱き締めることができないのに、側にいられる自分が、駆に寂しい思いをさせていないかと言えばそうではなくて。

――ううん。これから、まだ時間はある。

仕事での焦りもあって、駆にちゃんと向き合えていなかった、その時間が取れるのだ。

そう思い直して、子供布団からそっと出る。

そして、キッチンに行き、中途半端に放り出していた食器洗いをすませる。

その間にまた咳が出てきて、薬箱として使っている引き出しから買っていた市販薬を取り出した。

「あー…、もう最後か。明日、病院行かないとな……」

今日は金曜。

病院は明日の午前中なら診療している。

市販薬でなんとかなればと思っていたが、無理そうだ。

「早く寝よ……」

ひとりごち、手早く風邪薬を飲んで絢は自室に戻った。

だが、翌日の土曜日、絢は結局病院に行かなかった。

行くつもりで起きて、準備もしたのだが、朝のルーチンの家事を終え、一息ついてソファーに座った後、そのまま眠ってしまったのだ。

おなかを空《す》かせた駆に起こされたのが、昼の一時過ぎで、もう病院は閉まっている時間だった。

やらかしたなと思ったが、仕方がない。

週に一度の買い出しついでにドラッグストアでまた市販の風邪薬と栄養ドリンクを買い、週明けまで凌《しの》ぐことにした。

しかし、症状は確実に悪化していて——日曜の夜には、自分でも熱っぽいのを自覚するほどだった。

——明日、朝から会社に電話して、半休もらって……駆を保育園に送ったらその足で病院…だと受付時間にもまだなってないのか…？　一旦戻ってきて？　それとも駆を送っていく時間を少し遅くするか？

そんなことをつらつらと考えながら眠り、翌朝、月曜。

体を起こすのがつらいくらい、熱が出ていた。

「あー、ホント、やばい……」

——とりあえず、駆に飯食わせて、保育園に連れてって……。

最低限のことだけはしておかないと、と、何とか自分を奮《ふる》い立たせて駆を起こし、歯磨きと洗面をすませてから、食事をさせる。

とはいえ、準備してやれたのは、ロールパンにチーズとゴボウのサラダを挟んだだけの簡単なパン食と、野菜ジュースだ。

駆が食べている間に、絢は保育園に持っていく荷物をカバンに詰める。

いつもは前夜のうちにすませておくが、昨夜はだるくて、寝てしまったのだ。

「ハンカチ、ティッシュ……お昼寝布団、ああ、タオル持ってこなきゃ……」

連絡帳を見て準備しながら、足りない物を取りに立ち上がった時、急に目の前が真っ暗になった。

立ちくらみだ、と思った時はもう遅く——その先の記憶は、もうなかった。

◇◆◇

人が行き交う足音がして、絢はぼんやりと目を開けた。

最初に見えたのは「白」。

ぼーっとしていると、

「あー、永尾さん、気がついた?」

聞き覚えのあるのんびりとした声が聞こえて、そちらに視線を向ける。

そこにいたのは亮太だった。

「りょ…うた…くん……」

声が出にくくて、どうしたのかわからなかった。

「永尾さん、安心してー？　ここ、病院。おうちで倒れちゃってたから、病院に運んでもらったんだ」

亮太の言葉を、反芻《はんすう》して、絢はハッとした。

「かける……！」

「大丈夫、駆くん、今、俺がいつも一緒にコーヒー飲んでるおじいちゃんとかおばあちゃんたちが見てくれてるから。それから、永尾さんの会社も、悪いかなーって思ったけど、永尾さんの携帯電話に何回か着信あったから、代わりに出て事情説明しといた。もう少し落ち着いたら永尾さんから連絡して？　あ、病室内は電話アウトだから、メールするか、電話なら談話室使ってって」

一通り説明され、絢は頷き「ありがとう」と礼を言った。

それに亮太は安心したように笑むと、

「部屋に行ったら、永尾さん倒れてるから、びっくりしちゃった」

少し肩をすくめて言う。

「……部屋、へ？」

「うん。えーっと、朝、永尾さんの部屋からわりと大きめの、何かを倒したような音が聞こえたんだよね。でも、その後静かになったから、特に気にしてなくて、いつも通り下でコーヒー飲んでたんだけど、永尾さんが全然出てこないから、駆くんが保育園イヤやって暴動でも起こして困らせてるのかと思って、部屋に行ってみんだ。けど、インターホン鳴らしても出てこないし、でも鍵開いてたし、チェーンもかかってなかったから、悪いと思いながら入らせてもらったんだ」

「あ……、昨夜、鍵かけるの忘れたっていうか……」

ベッドに入った時に施錠とチェーンを忘れたことに気付いたが、もうベッドから出たくなくて、これまでも何もなかったからとそのままにしてしまったのを思い出した。

「今回はそれで助かった感じ。それで中に入ったら、リビングで永尾さんが倒れてて、その隣で駆くんが自分と永尾さんに膝かけかけて寝転んでた。駆くんは『じゅーく、ねんね』ってにこにこしてたけど、永尾さんに触ってみたらすごい熱あるし。それで救急車呼んで、ここへって感じ」

「……いろいろ、世話かけたね。ごめん」

謝る絢に、

「ううん、こっちこそ救急車に同伴っていうの？　誰か一緒に来てくださいって言われて、じゃあ俺がって名乗り上げて乗ってきちゃった。すごい貴重な経験させてもらった感じ」

絢の気持ちを軽くさせるためだろうが、そんな風に亮太は返した。そして、

「永尾さんが起きたら教えてって言われてたから、看護師さん呼ぶねー」

と続け、ナースコールを押して絢の目が覚めたと告げた。

ややすると看護師と一緒に医者がやってきた。

「俺、出てるね」

亮太はそう言うと、そっとベッドから離れた。

医師からの話では、今は点滴などの処置で熱は下がっているが、到着時、三十九度近い熱が出ていたらしい。

「詳しい検査は、まだこれから行いますが、肺炎寸前ですね。それから過労だと」

「過労……」

呟いた絢に、

「生活に変化があっていろいろお忙しかったようだと、つき添ってらした方が」

医者はそう言った後、少なくとも三日は入院が必要だと告げて、病室を後にした。残った看護師もこの後の検査のことや、入院に必要な物についての説明をしてから病室を出る。

——入院なんて…どうしよう……。

必要な物は売店で揃えられると看護師が言っていたので、自分のことはどうにかなる。

だが、駆のことはどうすればいいのだろう。

『たった三日』かもしれないが、幼児にとって、三日も保護者がいないのは死活問題だ。

——サポートセンターって宿泊預かりしてもらえたんだっけ……。

駆が病気になった時の預かり先としか考えていなかったし、自分が病気になるなんてことも想定していなかった。

——携帯電話…どこだ……。

どこかに置いていてくれているはずだと、ベッドから体を起こそうとした時、

「永尾さん、どうかしたの？　寝てなきゃダメだよ？」

戻ってきた亮太に制止される。

「携帯電話…どこかと思って」

「あー、ここの机の上。会社に連絡？」

亮太は絢の携帯電話を手にしながら問う。

「それもあるけど……、先生に入院って言われて、その間、駆くんを預かってもらえるところを探さないといけないから」

携帯電話を受け取ろうと伸ばした絢の手を、亮太は包むようにして摑む。

「亮太くん……？」

「駆くんのことなら、安心して？　俺が責任持ってちゃんとしとくから」

いつもの、あの緩い笑顔で言った。

「亮太くんが……？　ううん、だって、亮太くんだって学校があるんだし、そこまで世話になるわけにはいかないから」

「こういう時はご近所さん同士、助け合いってことで。俺が大学行ってる間とかも大丈夫。ちゃんとアテはあるっていうか、入院することになるだろうっていうのは、先に聞いてたから、一時預かりさんを、もうお願いしといた。だから安心していいよ。とにかく、今はゆっくり休んで早く治すことだけ考えて？」

「一時預かり……」

　もう、そんなところまで手を回してくれていたのかと思う。

「うん、俺の知ってる人で、そういうのやってる人がいるから、お願いしたら、オッケーって。これからマンション戻って、駆くんをその人のとこに連れてってくる。ついでに永尾さんの入院にいるものとか、部屋に入っていいなら取ってくるよ？　パジャマとか、タオルとか、そういうのいるでしょ？」

亮太が言うのに、絢は頷いた。

できるだけ、余計な出費はしたくないから、持ってきてもらえるなら、ありがたかった。

「ごめん、甘えていいかな」

「全然オッケー。じゃあ二時間くらいしたら戻るから。あ、ケータイ渡しとくね」

亮太はそう言うと、握っていた手を離し、やっと絢に携帯電話を渡してくれた。

「じゃあまた後でねー」

ひらひらと手を遊ばせるようにして振って、亮太が病室を出ていく。

ベッドの上で、絢は渡された携帯電話をどうすることもできずに、しばらくの間、ぼんやりとしていた。

◇◆◇

たっぷりの睡眠と、栄養が管理された食事、そして点滴。

それらのおかげで、絢は予定通り、三日で退院することができた。

入院の間、亮太は毎日来てくれて、一時預かり先でご機嫌に遊んでいる様子を撮影した動画を観せてくれたし、食事も食べさせたものを預かり先がきちんと撮影して亮太に送ってくれていて、ちゃんと食べていることも確認できた。

「三日間の入院とはいえ、外の空気はどう？」

迎えに来てくれた亮太が、病院の外に一歩出た途端《とたん》に聞いた。

「……どうって…、自由になったって感じはするかな」

「でも、治ったわけじゃないからね？」

念を押すように言う亮太に、絢は苦笑する。

「承知してます」

「ならいいけど、永尾さん、すぐに無理するからなぁ……」

そんな風に返しながら、亮太は駐車場へと向かう。

「え、どこ行くの？」

「今日、車で来てるから」

そう言って亮太が指差した先の駐車スペースに駐めてあったのは、少し古い型の国産のセダンだった。

「……車、持ってたんだ」

「おじーちゃんの車。まだ、全然動くから、俺が続けて乗ってる」

亮太はそう言うと助手席のドアを開けて、絢に乗るように促した。絢はそれに従って助手席に乗りこんだが、その時に、後部座席にチャイルドシートが準備されているのに気付いた。

亮太はトランクに絢の入院荷物を入れてから運転席に乗り込んだ。

「……チャイルドシート、あれ、駆の？」

シートベルトを締める亮太に問う。

「うん。一時預かり先に連れてくのに必要だったから、同じマンションで子供が大きくなったからもう使ってないって人から、借りた」

「ごめん、そんな手間まで」

謝る絢に、

「手間とか、全然大丈夫。あ、駆くんを迎えに行くって言ってる時間までちょっとあるから、お茶飲んでかない？　途中においしいコーヒーのお店があるからそこで時間潰してちようどだと思う。永尾さん、コーヒー好きでしょ？」

絢が気にしないようにか、亮太は話を変えるように喫茶店に寄ることを提案してきた。

駆と少しでも早く会いたい気はしたが、先方と約束している時間に合わせるためなら、

「うん、そうだね」

コーヒーが好きなのは事実だし異論はない。

「じゃあ、喫茶店でコーヒー飲んで、それから駆くんとこへってことで」

亮太はそう言うと、車のエンジンをかけた。

その喫茶店は、幹線道路から少し外れた場所にある、老舗《しにせ》、という言葉が似合いそうな店だった。

店内に入ると、コーヒーを焙煎《ばいせん》するいい匂いが漂ってきた。

客は三組しかいなかったが、平日の昼間なのでこんなものかもしれない。

コーヒーの種類はさほど多くはなかったが、焙煎の違いでバリエーションはかなり多そうだ。

絢は店名の付いたブレンドコーヒーを注文し、亮太は「今月のおすすめ」と書かれたものを注文していた。

そして、店員がテーブルを離れると、亮太は口を開いた。

「他人が口出してくんのウザいとか、年下だから頼りないとか思われるかなーって遠慮してたんだけど、永尾さんは、もっと周りの人を頼った方がいいと思う」

その言葉に、無理をして倒れた直後の絢は返す言葉もなかった。

「永尾さんが頑張れてないとか、そういう意味じゃなくて、永尾さんは充分すぎるくらいやってると思うんだよね。でも、子育てって、夫婦二人で一人育てるのだって、すごい大変そうじゃん。それを永尾さん一人で全部っていうのは、絶対無理ってわけじゃないと思うけど、難しいと思う。……特に今は、まだいろんなことに慣れてないから、要領とか摑めてないかもだし、だから、せめて慣れるまでは積極的に誰かを頼った方がいいよ」

亮太の言葉を、絢はただ、黙ったままで聞いた。

亮太の言っていることは何も間違っていない。

毎日のあれこれをなんとかこなしていくので精一杯で、一日があっという間に終わる。慣れてくれれば、要領がわかれば、そう思ってやってきたが、いつになったら自分が慣れて、要領よくできるのか、わからなかった。

「俺としては、頼る最初の一人に、俺を指名してくれたら超嬉しいんだけど」

半分茶化すように言った亮太に、絢は小さく息を吐いた。

「……ありがとう。そう言ってもらえるの、すごい嬉しいって思ってる。でもそれと同時に、どうしてここまでいろいろしてくれて、そんな風に言ってくれるんだろ？　て思う。亮太くんが、すごく優しくていい人だってことはわかってるけど……」

そんなに自分は頼りなく見えるのだろうか？

そう思った絢に、

「えっとさ、最初、新幹線で会ったでしょ？」

亮太はそう切り出した。

「うん」

「その時に、ちょっとワケありっぽいなーっていうのは、なんとなく感じてた。でも、すごい仲良いし、駆くんが永尾さんにめっちゃ懐いてるのはわかったから、いい親子だなって思ってて、それで普通に手助けしようって思えたんだよね。これから大変なこと、いっぱいあるだろうけど、頑張ってみたいな意味もあって」

「……そうだったんだ」

「その後、保育園で子供の相手してても、あの親子どうしてるかなーって思うことが結構あって。そしたら、思いがけずご近所さんになって、これって運命かなーって思った」

「運命、は大袈裟《おおげさ》じゃない？」

そう返しながら、絢はあまり聞かないフレーズだから、少しドキッとしていた。

「そうかなー。そんな偶然って結構な確率だと思うんだよねー。で、運命を感じたのと、何より、俺自身が近所の人とかもだけど、周りにいた人にいろんなことでいっぱい助けてもらいながら育ったから、俺が気軽にできる手助けは積極的にしようって思ったんだよね」

亮太がそこまで言った時、二人のコーヒーが運ばれてきて、話は一度終わった。

絢が注文した方はまろやかでクセもないが、かといって平凡というわけでもなく、毎日気軽に飲みたい特別感のある一杯、という感じだった。

亮太が注文した今月のおすすめも一口もらったが、こっちもおもしろい味だった。

コクと酸味のバランスが取れているが、全体的に強めの味わいで、頭をしゃっきりとさせたい時に飲んだら最高だろうなと思う。

「毎日飲むなら、こっちのブレンドかな。……豆、売ってるみたいだから帰りに買って帰ろ……」

呟いた絢に、

「風邪ひきさんなのに、コーヒーいいの？ って言いながらここに誘ったの俺だけどさぁ」

亮太が笑う。

「コーヒーポリフェノールって体にいいらしいから。それに、もう、前に買った豆、終わっちゃったし」

そう言って、絢はもう一口飲んだ。

「……永尾さんがコーヒー好きなのって、家の人の影響？」

亮太が聞いてくるのに、絢は頷いた。

「うちの両親が、食後のコーヒーはちゃんとドリップして淹れる人だった。それを見て育ったから……って言っても、コーヒーを淹れてた母親は俺が小学生の時に亡くなっちゃって、代わりに兄ちゃんがコーヒーを淹れ出したから、俺に影響を与えたのは兄ちゃんだと思うけどね」

だが、もうその兄もいない。そう思うと鼻の奥でツンと痛むものがあった。

折りに触れて兄夫婦のことを思い出すが、まだまだつらい。

だが、そんな絢の言葉に、亮太は少し驚いた顔を見せた。

「永尾さんも、小学校の時にお母さん亡くしたんだ。俺も、小二の時」

「そうなんだ」

似た境遇に絢も驚く。

「……あ、だから、おじいさんとおばあさんと一緒に?」

そう聞きながら、父親はどうしたんだろうかと思った。

絢は、母親が亡くなった後、父と兄の三人で暮らしてきた。

もしかすると、父親にも何か事情があったんだろうかと思っていると、

「父親は、猛烈な仕事人間で、うちの母親って病気で亡くなったんだけど、入院してる時も滅多《めった》に見舞いに行かなかった感じ。俺はほとんど家政婦さんに育てられて、おじーちゃんたちと暮らし始めたのは、母親が亡くなってから」

「それは、母方の？」

「ううん。そっちは遠いから、父方の祖父母。それで安心しきったのか、仕事にますます邁進《まいしん》して、会うことが稀《まれ》な感じの親子関係。会っても、なんか挨拶して、三十分くらいで終了みたいな。そんな感じで、四年くらいして、父親が再婚して、俺が中学に上がるタイ

ミングだったから、親子で一緒に暮らすって話も出たんだけど、おじーちゃんたちと住む方がいいってなって、そのまんまって感じ」

亮太は軽い口調で言うが、多感な時期に起きたそれらのことは、決して軽いことではなかっただろうと思う。

「だから、俺の父親がやろうとしなかったことを、父親でもない永尾さんがやろうとしてるの見てたら、俺、絶対手伝わないと後悔するって思って」

そう言う亮太に、絢は「そうだったんだ」としか返せなかった。

その後、そのまま沈黙が続いたが、その沈黙は決して息が詰まる感じでもなく、不思議な感覚があった。

互いに早くに母親を亡くした、という共通点のせいかもしれなかったが、それだけでもない感じもした。

そのまま、何気ない会話をしばらくするうち、互いにコーヒーを飲み終え、コーヒー豆を買って店を出た。

そして再び車に乗り、駆の待つ一時預かり先へと向かったが、その車中、

「あのさ、永尾さんに言ってなかったことがあるんだよね」

不意に亮太は切り出した。

「何?」

「駆くんを預かってくれてる人、信頼できるし、ものすごく面倒見のいい人たちなんだけ

ど……ちょっとびっくりするかもしれない」

「びっくりするって、何?」

「んー、大して驚かないかもなんだけど、会ったらわかる」

亮太はそう言うと、あるこ綺麗な二階建てのハイツの駐車場に車を入れた。

車を降りて向かったのは二階の角部屋だった。

亮太がインターホンを鳴らし「俺、亮太」と名乗ると、特に返事はなく、ドアに近づいてくる足音が聞こえて、そしてドアが開いた。

そこにいたのは、目鼻立ちの整った間違いのない「美人」だったが、絢は若干ながら、何かしらの違和感を覚えた。

その美人は、

「リョータくん、いらっしゃーい」

テンション高く出迎えの言葉を口にしたのだが、その声はどう聞いても、男性のもので。

——え?

頭の中に、絢はクエスチョンマークが乱舞するのを感じた。

5

「入って入ってー」

頭の中にクエスチョンマークを乱舞させたままの絢だが、彼女（？）に促され、亮太は慣れた様子で部屋に上がるので、お邪魔します、と絢も室内に入れてもらった。

部屋の中は綺麗に片付いていたが、フリルとレースが多用された、かなりガーリーな印象の強い空間だった。

奥の部屋にはもう一人いて、ソファーに座してテレビを観ているようだった。着ているものは女性物のようなのだが、骨格はどう見ても男性のもので、絢の困惑は深くなる。

その隣には駆が座していて、大好きな子供向けのアニメを流してくれているらしく、駆は画面に夢中になって見入っていた。

だが、

「駆くん、絢くん来たよー」

亮太が声をかけると、その声に駆はハッとした様子で亮太の声がした方を見て、視線の先に絢を見つけると、ニパっと満面の笑みになり、座っていたソファーからずり下りて絢に駆け寄り、そして足に抱きついた。

「じゅーく、おあえり」

「……ただいま、駆くん」

抱きつく駆のぬくもりに、少しの間離れていただけなのに、安堵なのかなんなのか、絢の声が少し震える。

「やぁだぁ、感動の、サ・イ・カ・イー」

迎えに出てくれた美人が笑いながら言い、奥にいた美人も、

「駆くーん、大好きな絢くんが来てくれてよかったわねぇ」

と笑って言う。

だが、どっちの声も、やはり男だ。

そして、絢の声を震わせていた胸のうちのよくわからない感情も、二人の声で吹っ飛んだ。

「……えっと、お世話に、なりました」

とりあえず、絢は二人を交互に見て礼を言う。

だが困惑しているのがありありと見て取れる絢に、

「えーっと、いろいろ説明したいっていうか、預かってもらってた間の駆くんの様子なんかについても説明あるから、とりあえず、座る?」

亮太がソファーを指差し、言い、絢は頷いた。

「じゃあ、自己紹介ね。アタシは杏里《あんり》。『ぱぴよん』ってクラブでママしてるの」

ソファーに腰を下ろし、最初に名乗ったのは、駆と一緒にテレビを観ていた方の人物だ。

「それで、今、お茶淹れてくれてるのがサトミちゃん」

続けて杏里が紹介したのが、最初に出迎えてくれた人物だ。

サトミは盆に日本茶を載せてリビングに戻ると、みんなの前に出しながら、

「もともと『ぱぴよん』でホステスやってたんだけど、今は、近くのお店で働いてるスタッフさんたちの子供を勤務中に預かる無認可保育所やってるの」

そう説明した後、

「あ、保育士資格はちゃんと持ってるから、安心して」

と付け足した。

それに対する絢の反応は「はぁ」とやや鈍《にぶ》い。

というか、間近でいわゆる「オネエ」と呼ばれる人たちと会ったことがなかったので、初対面の衝撃はまだ続いており、頭の動きが悪くなっていた。

「えーっと、俺からも説明しとくと、杏里さんは、俺のじーちゃんが持ってた物件の店子《たなこ》さんで、わりと昔から知ってて、結構仲良くしてもらってる」

「初めて会った時ってまだ中学生だったかしら？　おじいちゃんがお店に連れてきた時はぶっ飛んだわー。社会勉強ったって、ディープなとこに連れてきすぎって」

杏里が笑いながら言う。

「でも、その社会勉強のおかげで、代替わりした今も引き続き貸してくれてるから、ある

意味英才教育?」

「先見の明的な?」

サトミの言葉に杏里はそう返した後、なぜか笑い合う。

笑いのツボはわからないが、悪い人ではないことだけはわかった。

「俺が大学行ってる間、誰に駆くんのお世話頼むか、選択肢は他にもあったんだけど、マンションの人に頼んだら、普段の距離が近い分、心配されすぎになって永尾さんが後で気を遣うっていうか、ちょっとアレかなって思ったのと、サトミさんが子供の世話し慣れてるの知ってるから頼んでみたら、快諾してくれたって感じ」

亮太が説明を重ねる。

「世話したって、大したことしてないのよ。亮太くんが大学行ってる間見てただけで、夜は亮太くんが連れて帰ってたし」

「むしろ、こっちが駆くんの可愛さに癒されまくってたって感じよねぇ」

「可愛さに母性本能が湧きまくっちゃって、しばらくサプリメント飲まなくてもお肌つるつるになりそうな勢いだったわ」

「効果には個人差があります、って注釈つけなきゃだけど、とにかく可愛くていい子でコチラこそありがとうございます、よ」

サトミと杏里はテンポよくポンポンと話し出す。

そして、話題の矛先《ほこさき》は絢に向いた。

「リョータくんから聞いてるけど、肺炎になりかかったって？　子供やお年寄りならまだしも、そこまで体調悪化に気付かないなんて、何？　ブラック企業にでも勤めてんの？」

「いえ……そういうわけじゃ…」

慌てて返した絢を庇《かば》うように、

「永尾さんは、何にでも一生懸命で頑張り屋さんだから、ちょっと自分のことが二の次になっちゃったってだけで……」

亮太がとりなすが、

「努力しないコより、努力するコの方が好ましいし、頑張り屋だってとこも好感度高いけど、アンタが倒れちゃったら、元も子もないのよ？」

杏里は諭《さと》すような口調で言った。

「……そうですね、痛感してます」

「わかったならよろしい。顔色悪いから、今日はうちでお夕飯、食べていきなさい」

その言葉に、

「え、そこまでお世話には……」

駆を預かってもらって、その上自分まで夕食をごちそうになるなどできなくて、遠慮しようとしたのだが、

「だァめ。杏里さん、可愛い男の子には料理振る舞うのが生きがいみたいなとこあるし、お料理上手だから安心してってていうか、楽しみにしてていいわよ。なんせ、よその店のホ

ステスがなぜか賄いを食べにやってくるってくらいのおいしさだから」

サトミが言い、

「賄い代徴収し始めたら来ないかもって思ったら、きっちり持ってくるんだものねぇ。うちは定食屋か！」

杏里がドスを利《き》かせた男声でオチをつける。

「ねー、俺もごちそうになっていいー？」

呑気《のんき》に問うのは亮太だ。

「そのつもりで準備してるわよ、リョータくんの好きな炊き込みご飯」

「オカマだけにお釜ご飯って？」

サトミが笑いながら言うのに、定食屋のくだり辺りからじわじわとこみ上げていた笑いをこらえきれなくなり、絢はついプッと吹き出した。

「……すみません」

性差についての話題で笑ってしまったのは失礼だったと思って謝った絢に、

「そこで謝んないの。こっちは笑って楽しんでもらってナンボのトークスキルで食べてんだから」

杏里が笑いながら言い、

「笑わせて心拍数上げたところで酒を飲ませて酔っ払わせて、さらに高い酒を飲ませてナンボ、の間違いでしょ？」

サトミがやはり突っ込んでいく。

「えー、あくどいー」

そう言った亮太に、

「棒読みで突っ込まないで」

サトミが言い、

「突っ込むなら別の棒にして！」

杏里が下ネタで続けると、

「天使の前で下ネタはやめてー」

サトミはそう言って駆を勢いよく抱き寄せた。

だが、力加減はちゃんと考えられていて、駆の首が大きく振られることもなく、むしろ駆は楽しかったようできゃっきゃと声を上げて笑う。

その駆の様子に目を細めた後で、

「退院してきたばっかで疲れてるでしょ。ご飯まで時間あるから、アタシのベッド、貸したげるから横になってきなさいな」

杏里はそう言って隣の部屋を指差す。

「いえ、大丈夫です」

確かに、少し疲れてはいるが、さすがに初対面の相手のベッドを借りるのは申し訳なくてできなかった。

「何よ、警戒しなくても大丈夫よ。天使のいる場所で襲ったりしやしないから」

しかし、杏里はそう言って再度促し、サトミが腰を上げると、

「駆くん、絢くんとお昼寝しに行こうか」

駆にそう声をかけた。それに駆は、うん、と頷いて、

「じゅーく、おひぅね」

絢の手を摑んで引っ張る。

それに「じゃあ、少しだけ」と絢は駆と一緒に杏里の部屋のベッドを借りた。

フリフリレースでいっぱいのリビングから、寝室はもっと乙女チックかと思ったのだが、青が基調になった落ち着いた部屋だった。

「じゃあ、ゆっくりしてて。ご飯できたら呼びに行くから」

サトミはそう言って部屋を出ていく。

絢は駆と一緒にベッドに横たわり、離れていた間のことを駆から聞いた。

亮太と一緒にお風呂に入ったり、寝たり、朝、亮太が大学に行く時にここに連れてこられて、その後はサトミと杏里がずっと一緒にいて、遊んだり、買物に連れていってくれたりしたらしい。

「そぇでねー」

駆は取りとめもなく、いろいろなことを報告してくれていたが、言葉が不明瞭《ふめいりょう》になってきたなと思ったら、突然電池が切れたように寝落ちした。

子供の寝落ちは突然だ。

遊んでいても、積木を持ったまま寝たりしているくらいだ。

ベッドで横になっていれば、当然だろう。

絢はそんな駆の寝顔をじっと見つめていたが、そのうち自分も寝落ちしていたらしい。

「永尾さん、ご飯できたって」

そう言って起こしてくれたのは亮太だった。

その声に慌てて目を開けると、隣にいたはずの駆はすでにいなかった。

「うわ…寝るつもりなかったのに。それに駆……」

「駆くんは、ちょっと前に起きて、杏里さんのお手伝いしてる」

「どのくらい寝てたんだろ……」

寝る前の正確な時間はわからないが、部屋は夕闇に包まれていた。

「一時間ちょっとくらい？」

「わ…結構寝ちゃってる」

「それだけ、まだ体力が戻ってないんだって。退院って言っても、治ったってわけじゃなくて、自宅療養前提だからねー？」

軽く窘《たしな》めるように亮太は言ってから『ご飯食べに行こ？』と、駆が昼寝に向かう時にしたように絢の手を引っ張って起こそうとする。

「今起きるから、待って」

苦笑しながら体を起こし、亮太と一緒に杏里の寝室を出る。

連れていかれたのはリビングではなくダイニングで、テーブルの上には筑前煮に、何かの白身魚のあんかけ、そして味噌汁が並んでいた。

「おいしそう……」

思わず呟くと、杏里が、

「いっちばんおいしいのは、これよぉー」

そう言って炊飯器を指差し、

「蒸らしもそろそろいいだろうし、いざ、オカマ、オープン！」

高らかに宣言して炊飯器の蓋《ふた》を開ける。

その途端湯気とともに、出汁《だし》のいい香りがした。

「あらー、今日も完璧！」

自画自賛で褒めた後、杏里は駆を抱き上げた。

「はい、駆くん、いつものお手伝いして」

杏里の言葉に駆は頷くと、開いた炊飯器の上で手をひらひらさせ、

「おーしくなーぇ」

と「おいしくなあれ」の言葉を口にした。

「魔法がきらきらー。旨味、倍増ー」

サトミも合わせて指をひらひらさせ、駆は意味はわかってなさそうだが、嬉しそうに、

にこにこして「ばいぞー」と繰り返した。

――休みの日でも、こんなに駆と接してやれたことって少ないなぁ……。

駆の笑顔を見ながら、絢は反省する。

平日はとにかくルーチンをこなすのに必死で、休みの日は買い出しと溜まった家事を片付けるので手いっぱいで、ゆっくりと駆と向き合う時間は取れていなかったように思う。

「じゅーく」

ぼんやりとしていると、いつの間にか駆が絢に近づいてきていて、そのまま足に抱きついた。

「お手伝い、よくできたね」

褒めてやり、抱き上げると、

「ああん、おいしいもの食べさせて手懐けたつもりだったのに、やっぱり絢くんが一番なのねぇ」

残念そうに杏里は言うが、

「杏里さん、大丈夫よ！　食べ頃になるまであと十年ちょっとかかるから、それまでに胃袋をがっちり掴んじゃえばこっちのものよ！」

サトミが長期プランを打ち立ててくる。

「そうね、今は犯罪ね。光源氏プロジェクトで行くわ」

杏里も軽い口調で言いながら茶碗にご飯をよそい、受け取った杏里が並べていく。

「じゃあ、食べましょうか」

その声で全員、テーブルにつき——駆の席はサトミの隣で、雑誌とクッションで底上げされていた——食事を始める。

炊き込みご飯はエビやイカ、ホタテの魚介がメインだったが、他にもひじきやニンジン、大根なども入っていて、おいしかった。

「わ……本当においしい…」

一口食べた瞬間、思わず言葉が漏れた。

「やだー、嬉しいー。たくさん食べてね」

料理を褒められるのは本当に嬉しいらしく、杏里が、作ったのではない素の笑顔で言う。

駆も普段の食事ではあれこれ遊びながらになってしまうことが多いのだが、サトミに手伝われながら今は食事に専念していて、食い付きが普段と違う。

「駆くんが、遊ばないで食べるのって、久しぶりかもしれない」

呟いた絢に、

「ああ、それは私が怖いからよ」

サトミがにっこりしながら言う。

「サトミちゃん、ご飯の時に騒ぐとマジギレするから……サトミちゃんのところで預かってもらう子って、みんな最初にそこを矯正《きょうせい》されるよねー」

亮太が笑いながら言う。

「リョータくんの箸《はし》遣いの矯正もさせていただきました。あーん、駆くん、ニンジン食べられたわねー、えらいねー」

サトミが筑前煮のニンジンを食べた駆を盛大に褒める。

サトミは「怖い」と自分で言っていたが、どちらかというと褒め育てのようだ。

「で、絢くんは、帰ってやってけそうなの？　退院したっていっても、まだ全然本調子じゃないんでしょ？」

杏里が絢の体を気遣って聞いてくる。

「そうなんですけど」

「会社は？　まだしばらく休めるの？」

「いえ、明日から出社予定です」

その言葉にサトミと亮太も絢を見た。

「え！　それ無理よ」

「そうだよ、全然大丈夫じゃないのに」

心配して言ってくれているのは充分わかった。

「社内業務が滞《とどこお》ってるのは、まあなんとかなるんですけど、クライアントさんに迷惑はかけられないから……。とりあえずは出社して、早めに収拾つけとかないといけないことがあって……」

説明する絢に、

「企業戦士って感じだわぁ」

サトミが呟き、

「アタシたちの仕事で言いかえるなら、とりあえずお店に出て、客を笑わせないとならないことがあってって感じ？」

杏里が言う。

「いや、それ、何の業務？」

「あら、笑いは大事じゃない。病気が治るらしいわよ、笑ってると」

「だから杏里さん、病気知らずなのね。一人だけノロわれずにすんでるし……」

サトミと杏里が相変わらずの調子で会話を続ける。

「のろわれる？」

だが、サトミの言葉の中で、その言葉が引っかかって、絢は問い返した。

病気にならないことと、呪われないことは、まったく別次元の話だと思ったからだ。

「ああ、違う違う、呪術的な方の呪うじゃなくて、ノロウィルスに罹患《りかん》しちゃうことね。一昨年、預かってた子供がノロにかかってたらしくて、その時に預かってた子と、その保護者のホステスさんや、その家族に広がっちゃったのよね。当然私も。で、杏里さんが看病してくれてたんだけど、全然平気だったっていう」

サトミが説明するのに、杏里はにこやかに、

「まあ、日々のアルコール消毒のおかげかしらね」

そう言ったが、

「それ、ただの飲酒じゃん」

即座に突っ込んだのは亮太だ。

「言うようになったわねー」

笑う杏里に、

「師匠がいいからねー」

亮太もにこりと笑って返す。

こんな感じで、終始随所に笑いが組みこまれての食事は和やかに進んだ。

もちろん、笑いだけではなく、サトミからはこれからの季節に向けて子供の肌に負担になりづらい日焼け止めや、子育て便利グッズについて教えてもらったり、杏里からも、簡単に作れて子供の食い付きが抜群にいいおかずのレシピなどを教わった後、今日の夕食に出たおかずやご飯の残りを保存容器にもらって、亮太と駆、三人でマンションに帰ってきた。

「病院から持って帰った荷物、ここに置いとくねー。杏里さんからもらったのは冷蔵庫でいい？」

入院の荷物や、杏里からもらったおすそわけなどを運んでくれた亮太が、リビングで完全に甘えモードに入って離れようとしない駆の相手をしていた絢にそう声をかける。

「うん、ごめんね、ありがとう」

「どういたしまして」

亮太はそう言って冷蔵庫にもらってきたものをしまいにいく。

それはすぐにすみ、そのまま亮太は自分の部屋に帰ろうとした。

しかし、玄関まで見送りに行った時、駆は亮太の服の袖をギュッと掴むと、

「やー」

と、亮太が帰ろうとするのを阻止しようとし始めた。

「駆くん、亮太くんもおうちに帰らなきゃ」

絢が言い聞かせようとするが、

「や」

短い一言を返し、頭を横に振る。

「駆くん」

少し強めに名前を言うと、駆は目に涙を溜め、

「や」

もう一度、返してきた。

もともと、駆は亮太に懐いていたが、絢が入院している間、二人で長く一緒にいたため、一緒にいることが駆の中で「普通」になってしまい、亮太が「帰る」ことは受け入れられない様子だ。

「駆くん、絢くんの言うこと聞かなきゃダメだよー？」

亮太もそう言うが、

「や」

やっぱり一言拒否である。

それに亮太は苦笑すると、

「……俺、いたらなんか邪魔になる？」

そう聞いてきた。

「ううん、そんなことは全然……」

「じゃあ、もうちょっといていい？」

恐らく、ここで亮太が無理に帰るとギャン泣きコース突入になってしまう。

それを避けるための提案であることは、簡単にわかった。

「……うん、ありがとう、助かる」

絢にしても、今の体力で駆のギャン泣きに対応するのはつらいので、素直に甘えてしまうことにした。

それで亮太と一緒にリビングに戻り、三人でソファーに落ち着いた。

そして、駆の好きな子供向けアニメのＤＶＤを流し、駆の気がＤＶＤに向いている間に絢は駆の入浴準備を始める。

一本観終えた辺りでちょうどお湯が張り終わるのはこれまでの経験で知っていた。

そこで、駆にお風呂を促して亮太に帰ってもらおうと計算し、

「駆くん、お風呂の時間だから、亮太くんとバイバイしようね」

DVDを観終えたタイミングでそう声をかけた。しかし、

「おふよ、りょたくといっしょ」

予想していなかった言葉を、駆は言った。

困惑する絢の傍らで、亮太は天井を見上げた。

「あー……そうなっちゃった…。ごめん、入院中、俺と一緒にお風呂入ってたから、駆くんの中で、その選択肢もアリってなっちゃったかも」

「ああ、そっか……そうなるよね……」

「りょたく、おふよ」

ニッコリ笑顔で言ってくる駆は、断られることなどまったく想定していないのがわかる。

そして、断ったらギャン泣き祭り開催になるということも、理解できた。

「……俺、着替え取ってくる。そんで、駆くんとお風呂入って、寝かしつけまで担当しちゃうね」

亮太が提案してくる。

「……ほんと、ごめん…」

「いいよー。俺もそうしたら、家に帰って寝るだけだし。駆くん、リョータくん、今からパンツとパジャマ取ってくるね」

亮太は説明しながら駆の頭を撫でる。

「ぱんちゅー」

「そう、ぱんつー」

少しの間二人で「ぱんつ」を連呼し合った後、亮太は着替えを取りに一旦部屋に戻り、絢は駆が「亮太が帰った」と誤解して泣かないように、お風呂上がりに着るパジャマを選びに駆の部屋に向かった。

そこでパジャマを選んでいる間に亮太が帰ってきて、駆を連れて風呂に連れていってくれた。

亮太が駆を風呂に入れてくれている間、絢は病院から持ち帰った荷物の仕分けをしたり、簡単な部屋の片付けをする。

そのうち、先に駆が風呂から上がってきたので、寝支度を整えてやり、甘えてくるままにリビングのソファーで膝の上に抱っこをして絵本を読んでいると、亮太が風呂から上がってきた。

「駆くん、絵本読んでもらってるの？　いいなぁ」

「ももたおー」

「もも太郎かー。おともは揃った？」

「今、きび団子を持って出かけるところ」

絢が返すと、

「じゃあ、続き読んで。駆くん、俺と一緒にこっちで座って聞こ？」

亮太はラグの上に胡坐《あぐら》をかいて座り、自分の膝の上を叩く。駆は絢と亮太の顔を見比べてきたが、

「駆くん、亮太くんと一緒に聞いて」

絢が促すと、駆は頷いて絢の膝の上からずり下りて、亮太の足の間にちょこんと座った。

「じゃあ、続き読むね。『おばあさんが作ってくれたきび団子を持って、もも太郎は早速鬼退治に向かうことにしました』」

絢が読むのを二人は静かに聞く。

そして読み終えると、

「俺、次はブレーメンの音楽隊がいいなぁ。駆くん、俺が読むから、お布団の中で一緒に読まない？」

亮太はそんな風に駆を誘う。『ブレーメンの音楽隊』は駆の好きな絵本の一つで、当然のように頷いた。

「じゃあ、行こっか」

亮太はそう言うと駆を先に立たせてから、自分も立ち上がり、そのまま手を繋いで駆の部屋へと二人で向かう。

このまま寝かしつけてくれるつもりなのだろう。

――手際がいいっていうか……本当に子供慣れしてる。

そんな風に思いながら、中途半端になっていた片付けを終え、冷蔵庫の中身を確認して

いると、駆を寝かしつけた亮太が戻ってきた。

「駆くん、寝たよ」

「ありがとう。……本当に助かった」

「どういたしまして」

「俺、今からコーヒー飲もうと思ってるんだけど、亮太くん、飲む？　もう寝るんだったら、他のを淹れるけど」

まだ九時前だが、時間的に微妙な気もしたので、聞いてみる。

「ううん、まだ起きてるから大丈夫。もしかして、今日買ってきた豆で淹れるの？」

「うん、早速使ってみようと思ってる」

「楽しみ。じゃあ、大人しく待ってる」

亮太はそう言うとダイニングテーブルのイスを引き、そこに腰を下ろした。

絢は買ってきたコーヒー豆の袋を開け、セットしたペーパーフィルターに二人分の豆をセットする。そして沸かした湯を少し注いで止め、豆が蒸れるまで待つ。

「いい匂い……」

湯を注いだだけで、コーヒー豆のいい香りが漂う。

今まで使っていたものと違う香りだが、これも好きだなと思いながら、湯を三度に分けて注ぎ入れ、コーヒーを抽出する。

そして、マグカップに注ぎ、亮太の前に出した。

「お待たせ」

「ありがとう。いただきます」

亮太はそう言うと早速マグカップを手に取り、口に運ぶ。

「あ、おいしい。……お店で飲んだ時より、おいしいかも」

嬉しそうに亮太が言うのに、絢もコーヒーを口に運ぶ。確かに、少し味が違った。

「同じ豆を使ってても、入れる人の癖とか、使う豆の量とか、蒸らす時間とか、使う水なんかでも味は変わってくるから」

どちらがおいしいかと言われたら困るが、お店で飲んだものも、自分で入れたものも、どちらも好みだ。

「へぇ……コーヒーって奥が深いっていうか、当然かもしれないけど、豆の配合とか、焙煎の仕方とか、そういうとこも考えたら、すごいよね」

「だから、バリスタなんて資格があるんだろうけどね」

感心したように言う亮太に、絢が返すと、

「絢くん、バリスタ目指そうよ。これだけおいしく淹れられるんだからなれるって」

亮太は笑いながら言ったが、『絢くん』と呼ばれたことに驚いた。

今日は、何度か亮太からそう呼ばれている。

恐らく駆が「じゅーく」と絢のことを呼ぶのに合わせていたからだろうとは思うが、急に親しさが増した気がして、妙に気恥ずかしい気がした。

とはいえ、自分も駆が混乱しないようにと言われて『亮太くん』と呼んでいるのでおあいこだろうとは思うのだ。

「それは、老後の楽しみにとっとく。今は、いろいろ手いっぱい」

苦笑しながら返すと、

「やっぱり、仕事、大変なの？　病院でも会社からの連絡よく来てたみたいだけど」

亮太が少し真面目な顔で聞いてきた。

「あれは、急な病欠になっちゃったからだよ。今は、もうそんなに忙しくない」

説明した絢に、

「『今は』って限定用法なのが気になるし、微妙な顔したのも気になる」

亮太は突っ込んできた。

「微妙な顔？」

「ちょっと諦《あきら》めた、みたいな顔したよ？」

そう言われて、絢は一つため息をついた。

「……もう気にしないようにしてたのに」

「何かあった？」

「うん…、ちょっとね」

そのままごまかそうかと思ったが、隠しておくと余計な心配をされそうな気もしたので、絢は話してしまうことにした。

「半年くらい前に、今度のプロジェクトリーダーの対象に、俺たちの期も入るって話が出たんだ。俺たちの期が対象になるの初めてだったから、ちょっといろいろ頑張ってたんだけど……兄ちゃんたちのこととか、駆のこととかで、会社を休んだり早退したりっていうのが響いて、リーダーを同期に持ってかれちゃって……思いのほか、ショック受けたって感じ」

絢はそこまで言って一度言葉を切り、それから、再び口を開いた。

「今は駆くんのことを一番に考えなきゃいけないから、プロジェクトリーダーになんてなったら、今より大変になるし……どっちを優先させるかってなったらって考えたら、会社の決定は正しいんだって、ちゃんとわかってる。……けど、簡単に割りきれるってわけでもなくて」

みっともないことを愚痴《ぐち》っていると思ったが、一度出した言葉は戻せない。

決まったことをいつまでもウジウジと、と亮太は呆《あき》れているんじゃないかと思ったが、

「それは、当たり前の感情じゃない？　悔しいって思うくらい絢くんがこれまで頑張ってきたってことでしょ？　簡単に『そーですか』って言えちゃう程度にしか考えてなかったなら、そんなに悔しくもないだろうけどさ」

「亮太くん」

「自分の夢だけ追っかけてればいい立場の人は別として、大抵の人は自分の夢と、背負わなきゃなんない義務とか責任とかあって、その天秤《てんびん》をいっつもバランス保ってる人なんて

そうそういないと思うんだよね。その時々で、右に傾けたり左に傾けたりして、こけないようにバランス取った結果、平均して均衡《きんこう》取れてるってのが現実なんだと思うし……なんて、世間を知らない若造が言ってみましたけど」

亮太は最後にそう言って笑う。

「亮太くんって大学二年だったよね？」

確認するように聞いた絢に、亮太は頷く。

「うん、そうだよ」

「なんか、その年齢に見えないくらい、考え方がしっかりしてるっていうか……生き方なんかもしっかりしてる気がする」

少しのんびりした口調や、緩い笑い方から気楽なだけの大学生かと思っていたが、いろいろと接しているうちに、自分たちよりもいろいろなことを知っている気さえした。

「んー、大学二年だけど、ストレートで大学生になったわけじゃないから、今、二十二だよ。誕生日が来たら二十三になる」

初耳で、絢は驚いた。

「え、そうなの？」

「うん。高校卒業してからアメリカの大学に行ってた。そんで、おじいちゃんの体調が悪くなって、その時はもうおばあちゃんも亡くなってたから帰ってきて、日本の大学に入り直したから……」

「そうなんだ……。向こうで取った単位とか、使えなかったんだ」

「そのまま使って編入できる学校もあったんだけど、通いたいってとこがなかったから、普通に今の大学受験したんだ。それからすぐにおじいちゃんが亡くなって、今は受け継いだ遺産で大学行かせてもらって、生活してる」

そこまで言って、亮太はいつもの笑顔を見せ、

「だから、絢くんが思ってるより、俺ちょっと大人だし、しっかりしてるから、もっと頼ってて？」

そう言ってくるが、口調も笑顔と同じくらい緩くて、不思議な感じがしてちょっと笑ってしまった。

その絢に、

「もう、全然頼る気なさそうなんだけど。だったら、俺から積極的に行くからね？」

と、宣言してくる。

「肉食系男子？」

「んー、どうかなぁ。昔みたいに肉食べるのは無理かも。この前、教授と約束してた焼肉食べ放題行ったんだけど、次の日ちょっと胃もたれしてた」

「まさかのリアルな肉の話」

「大丈夫、リアルじゃない方の肉食関係なら、自信あるから」

「それを俺に言われても困るかな」

そんなことを言って二人で笑い合う。

そしてひとしきり笑った後で、亮太が口を開いた。

「とりあえずさー、まだこれからの時季って、ちっちゃい子が体調崩したり熱出しちゃったりってこと、結構あるんだよね」

「え？　もうこれから、暖かくなるっていうか、熱くなってく季節なのに？」

それとも、幼い子供にありがちな、突発的な熱のことなのだろうか、と思っていると、

「梅雨の時期とか、急に気温下がったり、湿度高くなってじめっとしちゃうと、そういうので体調崩しちゃうから」

「そうなんだ……」

「うん。それでそういう時なんだけど、よっぽど症状が重いって時以外の、園の規定で早退しなきゃって時は、俺が駆くん迎えに行くよ」

突然の申し出に、絢は頭を横に振った。

「それは、ダメだよ。亮太くんだって大学あるんだから……。それに、そこまではしてもらえない」

「共働きの家とか、絢くんみたいにシングルで子育てしてる人は、そういうサポート、使ってやってるみたいだよ？」

「それは、そうだけど」

「無償でってなると、絢くん、気を遣うだろうから、一度につき、いくらってことにしよ

うよ。俺もバイトだと思ってやるし、素人《しろうと》なのと知り合い価格とで、一般的なそういうサービスの六掛けでいいよー？」

やはり、いつもの笑顔で言ってくる。

だが、『じゃあ、お願い』などと言っていいと思えなかった。そんな絢に、

「今、絢くんが考えてること当ててみよっか？」

亮太はそう言って、

「近所ってだけの年下の大学生に、そこまで頼っていいかわかんない、みたいなこと思ってるでしょ？」

きっちり言い当ててきた。

それに絢は苦笑した。

「大枠で、当たり」

「大丈夫だって。絢くんだって、もしもの時は使える手があるって思えるだけで、ちょっとは気が楽でしょー？　お守り程度に思ってればいいんだから」

「お守り、か……」

そう言われると、少し気が楽になった気がした。

「できるだけ、お願いしなきゃなんない状況にならないように気をつけるけど……お願いしていい？」

そう言った絢に、亮太は笑顔で頷いた。

「もちろん。じゃあ、契約成立。あ、保育園の送り迎えの人のリストに俺のこと申請してくれる？　園の人も俺のこと知ってるけど、知ってても、リストに名前がないとダメなんだよねー。そういうとこ、あそこの園、しっかりしてるから」

「うん、そうする」

「あとで、俺の免許証のコピー渡すね。多分、身元確認に必要だったはず」

「よく知ってるね、そういうこと」

園の手続きのことにまで詳しい亮太に驚いていると、

「洋食屋のおばちゃんが、前に孫を迎えに行った話をしてた時に、ちゃんと身分証出して申請しないとダメなんだって言ってて、最近って誘拐とかそういうのでいろいろ警戒してるんだなーって思ったから覚えてただけ。俺に隠し子がいるとか、そういうんじゃないよー？」

笑いながら亮太は言った。

「亮太くんが父親やってるって聞いても、納得の子供の扱いのうまさだけどね」

絢のその言葉に、亮太は『精神年齢近いからねー』と、やっぱり笑って言うのだった。

6

翌朝、まだ本調子ではない体ながら出社準備を整えていると、インターホンが鳴った。

こんな時間に誰が来たのかと訝《いぶか》しみながらモニターを確認すると、そこにいたのは亮太だった。

「亮太くん、どうしたの？」

『朝のお手伝いに来ちゃった。開けてくれる？』

その言葉に、絢は急いで玄関に向かい、ドアチェーンを外して解錠した。

そしてドアを開けると、いつもの緩い笑顔で、

「おはよー。朝早くに押しかけちゃってごめんねー？　まだ本調子じゃないだろうし、自分の支度だけで手いっぱいかなって思って、お手伝いに来ちゃった」

亮太は言う。

「ありがとう、でも……」

「大丈夫っていうのはわかる。多分、いろいろ見越して昨夜のうちに準備できることは準備してると思うし。でも、俺が気になっちゃって、多分下でコーヒー飲んでても心配しちゃうから、来ちゃった。あ、安心して。これは料金外の、友達としてのお節介だから。

「……上がっていい？」

そう言われると、嫌だとも言えないので——実際、朝は元気な時でも忙しかったから、体がまだ本調子じゃない今は、本当に助かる——亮太に入ってもらうことにした。

「駆くん、まだ寝てる？」

亮太の問いに絢は頷いた。

「うん、俺の準備終わってから起こすつもりだったから」

「じゃあ、駆くんは俺に任せて。絢くんは自分のことと、朝ご飯の準備お願い」

亮太はそう言うと駆の部屋へと入っていく。そしてしばらくすると駆の笑い声が聞こえ、それから亮太と一緒に部屋を出てきた。

「駆くん、絢くんにおはよーってして」

亮太が促すと、駆はにこにこして「おあよー」と挨拶してくる。

「駆くん、おはよう。亮太くんと、歯磨きして、お顔洗ってきて」

絢の言葉に、亮太は『洗面所まで競争ー』とうまく駆を乗せて、一緒に洗面所へと向かう。

洗面も歯磨きも、子供にさせるとなると実は一苦労だ。

機嫌の悪い時には泣いて嫌がるし、ご機嫌の時でも水遊びを始めたりするので、油断できない。

こっちはこっちで、出社までの時間を考えて焦ってしまうので、些細《ささい》なことでもついきつく言いがちになってしまう。

案の定、朝から亮太と一緒でテンションが上がってしまった駆は水道で遊んでいる様子で、なかなか洗面所から戻ってこなかった。

――いつもだったら、もう会社に間に合わないって絶望してるな……。

そんなことを思いながら、絢は自分の出社準備に専念する。

ほどなく、亮太が駆を連れて洗面所から出てきて、着替えのために駆の部屋へと向かう。

その亮太に聞いた。

「亮太くん、朝ご飯食べてきた？」

「ううん、まだー」

「じゃ、食べてく？　って言っても、昨日、杏里さんにもらったご飯を温めるだけだけど」

「うん、食べる」

「じゃあ、準備しとくね」

絢の返事に亮太は駆に「早く着替えてご飯食べよ」と声をかけ、二人で「ごはん、ごはん」と掛け声をし合って部屋へと入っていく。

――本当に仲が良いなぁ……。

そんな風に思いながら、絢は朝食の準備をした。

そして全部の温めが終わった頃、すっかり登園準備の整った駆が亮太と一緒に出てきた。

「駆くん、準備できたね。えらかったね」

褒めてやると、駆は嬉しそうに笑って、うん、と頷く。

「じゃあ、ご飯食べようか」

そう言って駆をイスに座らせ、三人で食べ始める。

亮太が来てくれたおかげで、まだゆっくりと食事ができる時間だ。

駆は自分で食べたがるようになっていて、食べやすいようにおにぎりにしたり、駆の一口大に切り直したりしているが、それでもこぼしたり、物を倒したりはしょっちゅうなので、そっちに神経が向いてしまって、つい自分の食事はおざなりになってしまうことがあった。

でも今日は亮太も見てくれていて、駆が粗相《そそう》をしそうになると、さりげなく物をよけたりしてくれている。

「駆くん、あーんして」

亮太はそう言って、駆が意図的に残していた筑前煮のゴボウを箸で取り、駆の口元に持っていく。

だが、茶色の物体は駆には魅力的には映らなかったらしく、イヤイヤと頭を横に振った。

「えー、おいしいのに。じゃあ、絢くんあーん」

駆に振られた亮太は、その矛先《ほこさき》を絢に向けた。

「あーんって……」

成人男子同士で「あーん」もないだろう、と思うのだが、

「食育、食育。はい、あーんして」

笑って言う亮太に苦笑しながら、結局、絢は口を開ける、その口に亮太はゴボウを差し入れた。

「うん、おいしい」

口に入れられたゴボウを咀嚼して言うと、

「じゃあ、俺にお返しして」

亮太はそんな風に言ってくる。

「はいはい」

もういろいろ諦めて、ゴボウを箸でつまんで、

「はい、あーん」

半ば棒読みで亮太の口に運んでやる。

「うん、やっぱりゴボウおいしいねー」

絢と亮太がおいしい、と言うので気になったのか、

「じゅーく、かけゆも、あーんして」

そうせがんできた。

——あ、これが狙いだったのかな…。

偶然そうなったのか、それともこうなるように意図したのかはわからないが、駆は残し

ていたゴボウを自分から食べたがった。

それに応《こた》えて、絢はゴボウを箸でつまんで、駆の口に運んでやる。

「はい、駆くん、あーん」

絢が言うと駆は素直に口を開いて、ゴボウを食べる。

「おいしい？」

亮太が問うと、駆はもぐもぐしながら頷いた。

「ゴボウも食べられてえらいね」

褒めてやると、本当に嬉しそうに笑う。

プロジェクトリーダーになれなかった時は、もし、駆がいなかったら、と思ったこともあった。

けれど、駆がいないと自分の方がきっとダメになるだろうな、と絢は改めて思う。

兄夫婦が急に亡くなって、どうしていいかわからなかったが、それでもなんとかここまでやってこられたのは「駆には自分しかいない」と思えたからだ。

そう思うことが自分の支えになっていた。

「じゅーく、あーん」

ゴボウを食べ終えた駆がおねだりをしてくる。その駆の口の中に、絢はまたゴボウを入れる。

それを見ていた亮太が、

「絢くん、俺も、あーん」

おどけて言ってくるが、

「成人ずみ男子は自分で食べて」

絢は即座に却下する。

「えー、可愛い年下男子なのにー」

「年下男子のくせに見上げなきゃならない身長っていう点でもう『可愛い』っていう単語を使いたくないんだけど」

絢の返事に亮太は、

「大きくても『可愛い』を使ってもいいと思うんだけどなー」

と、ぼやきながら自分の箸でゴボウを食べた。


病み上がりでの出社で同僚たちは気遣ってくれたが、溜まった仕事はいかんともしがたく、初日こそ定時で上がれたものの、翌日からは残業が続いた。

自分の業務だけでも残業なのに、そこに他部署でのトラブルの余波があった。

——延長保育のお迎えの最終時間に帰れそうにないじゃん……。

時計をちらちら見ながら作業をする絢に、

「永尾さん、お迎えあるでしょう？　先に帰ってください」

子持ちの女子社員が言ってくれたのだが、全員が殺伐《さつばつ》と仕事をしている中、ありがとうございます、と帰ることはできなかった。

「いえ、知り合いにお迎えは頼もうと思うので、大丈夫です」

そう返事をすると、あからさまにほっとした顔を見せてくる。

——やっぱ帰れないって……。

絢は仕方なく、亮太に連絡を入れた。

『ごめん、急な残業で、延長保育の最終お迎え時間に間に合わないかも。駆のお迎え、お願いできる？』

メッセージを送信して五分とたたずに返信があった。

『おっけー。今すぐ行ったらいい？』

『うん。園には連絡入れとく。ごめんね、ありがとう』

それへの返信はVサインのスタンプだけだった。

そして三十分ほどで、

『お迎え終了。俺の部屋で、今、モンスーン観賞中。ご飯も一緒に食べちゃっていい？』

と連絡があった。

『そうしてもらえるとありがたい。できるだけ早く帰れるように頑張る』

『無理しなくていいけど、体のためには早く帰ってね』

その文面の最後には投げキッスのスタンプが貼られていて、なんだかなぁ、と思いながらも少し笑えて、元気が出た。

なんとか残業をこなし、亮太の部屋に駆を迎えに行けたのは九時前だった。

「遅くなってごめん」

謝りながら玄関に入ると、駆は入浴まですませてもらったらしく、パジャマ姿だった。

「じゅーく、おあえり」

「ただいま。お風呂入れてもらったんだね」

「ん！　りょたく、いっちょ」

そう言いながら絢の足に抱きついて、見上げてくる。

「絢くん、ご飯まだでしょ？　うちで食べていきなよ。駆くんと食べた残りしかないけど」

駆と一緒に玄関に迎えに出てくれた亮太はそう言い、絢が断ろうとするより早く、

「っていうか、会社出るって連絡入ってから逆算して、もう絢くんのご飯、温めずみだから、食べてって」

亮太はそう続けると、駆を見る。

「絢くんがご飯食べ終わるまで、俺とお絵かきしよ？」

「すゆー、もーすーかくー」

駆はそう言いながらも、絢の足に抱きつくのをやめない。

絢は苦笑しながら、亮太に仕事のカバンを差し出した。

「ごめん、これ、持ってくれる？」

「いいよ、預かるね」

亮太がそう言ってカバンを受け取る。絢は空いた両手で駆を抱き上げた。

「好き嫌いしないでご飯食べた？」

問うと、駆は頷く。

「そっか、えらかったね。……お邪魔します」

駆に声をかけつつ、亮太に断って玄関を上がる。

当然のことかもしれないが、自分の部屋と同じ間取りなのに、置いてあるものが違うと、全然部屋の印象が違う。

かつて祖父母と住んでいた時と、あまり様子は変わっていないのだろう。

置いてある家具などはどこか懐かしさを感じさせるものが多かった。

「じゃあ、ゆっくり食べてて。駆くん、絢くんが食べる間こっち来て」

亮太はダイニングに絢を案内すると、絢から駆を抱き取った。そして続き間になっているリビングで駆と一緒にお絵かきを始める。

このところ残業続きで、ゆっくりと駆と遊ぶ時間も取れていなかったが、あれから毎朝、亮太が駆の朝支度を手伝いに来てくれるし、今日も亮太が今まで一緒にいてくれたので、ご機嫌だ。

――ほんと、ありがたいな……。

仲良く二人でお絵かきをする様子を見ながら、絢は準備してくれていた夕食を食べ始めた。

◇◆◇

亮太の厚意に甘えるまま、翌週の週末が来た。

土曜は家事が溜まっていて気になったが、駆とゆっくり過ごすことに専念した。

金曜の朝、いつも通りに駆の朝支度の手伝いに来てくれた亮太に週末の予定を聞かれて、土曜は久しぶりに駆と二人でゆっくり過ごそうと思っている、と話したからか、亮太は来なかった。

それを少し寂しいと思っている自分がいる気がしたが、考えてみれば亮太には亮太の生活というか、付き合いがあるのだ。

せっかくの週末なのだから、遊びにも出かけたいだろうし、デートだってあるかもしれない。

——デート？

自分でその単語を脳内から引っ張り出しておきながら、絢は眉根を寄せた。

——恋人的な人とか、いるのかな……？

そんな雰囲気はかけらもないのだが、いてもおかしくない。

おかしくはないのだが、なんとなく想像できなかった。

「じゅーく」

膝の上に座っていた駆が、開いていた絵本の次のページをトントンと手で叩きながら、絢を見上げて名前を呼ぶ。

「ああ、ごめん」

謝ってページを繰り、絢は絵本の続きを読みながら、

——今度会ったら、それとなく聞いてみようかな……。

そんな風に思った。

そして、その「今度」の機会は、翌日の日曜に早速あった。

昨日、ほぼ一日中、べったり一緒にいたからか駆は朝からご機嫌で、兄夫婦が駆の英語教育のために買っていたＤＶＤを流しておくと、一人でそれを観て笑ったり、声を出して言葉を繰り返したりしてくれていた。

その間に溜まっている家事を順番に片付けていると、インターホンが鳴った。

家を訪ねてくるような相手は回覧板を回しに来るお隣か、亮太くらいしかいないのだが、亮太なら来る前に連絡をしてくるので、お隣さんが来たのだろうと思いつつモニターを確認すると、そこにいたのは思いがけない人物だった。

「え……杏里さん？」

『あー、いたー！　あーけーてー。サトミちゃんも一緒よー』

よく見ると杏里の後ろに見切れているが亮太もいた。

「ちょっと待ってください、すぐ、開けます」

絢はそう言って急いで玄関に向かい、解錠し、ドアを開けた。

「元気してたー？　そろそろお昼時でしょー？　お弁当作って持ってきたわよー」

杏里が大きな紙袋を見せながら言う。

「ごめんね、連絡してからにしようって言ったんだけど、サプライズだって言って、連絡させてくれなくて……。ねー、俺のケータイ返してよ」

亮太が謝りながら、杏里の方に手を出す。どうやら取り上げられたらしい。

「……！　あーりちゃ、さーみちゃ！」

玄関から聞こえてきた二人の声を聞きつけ、リビングにいた駆もやってきて、二人を見て声を上げる。

「か・け・る・くーん！　おいしいお弁当持ってきたわよー」

「みんなで一緒に食べましょー」

杏里とサトミが言うのに、駆は「いっちょ！　いっちょ！」と、小さくジャンプして嬉しげに言う。

「……えーっと、何の準備もありませんが、どうぞ上がってください」

絢もそう言うよりほかなく、とりあえず上がってもらうことにした。

「お邪魔しまーす」

「あら、意外と片付いてるじゃない……」

「でも女っ気はまったくなさそうね」

杏里とサトミによる偵察が始まる。

「ちょっと二人ともあんまりじろじろ見るの失礼だからね？」

亮太が窘めるが、

「家庭訪問、家庭訪問」

と二人は取り合わない。

「いいよ、別に見られて困るものはないし」

絢は笑って言いながら、お茶の準備を始める。

駆の部屋も含めてざっと一通り見回った二人と、一緒について回っていた駆は、すぐに絢と亮太のいるキッチンにやってきた。

「病み上がりなのに仕事しまくってるってリョータくんから聞いてたから、もっと荒れ果てた感じを想定してたんだけど、意外に綺麗だったわ」

「いろいろ家探しついでに片付けてあげようと思ってたけど、その必要なさそうで残念」

杏里とサトミはそう言って「ねー」と頷き合う。

「じゃあ、料理のお手伝いだけしちゃおうかしらね。あ、お茶の準備してくれてるのね。

じゃあ、お弁当出しちゃうわ」

杏里が亮太に預けていた紙袋から四段重ねの重箱を取り出した。

「え、重箱……」

驚く絢に、

「おせちでも詰まってるかと思ってる？　残念ながら、お弁当箱代わりなだけよ」

杏里がそう言って一段ずつばらしていく。

中味は言葉通り、全部同じものが詰まった弁当だった。

「駆くんはこっちよー」

杏里はそう言って紙袋からもう一つの、今度は普通に子供向けの弁当箱を取り出した。

そして蓋を開けると、そこに詰まっていたのは大人と同じ具材ではあったが、随所に飾り切りの野菜や、ゆで卵で作られたアヒルなどが添えられた可愛らしいものだった。

「わ…すごい」

「じゅーく、おはな！」

駆は花形のニンジンを指差し、言う。

「ホントだ、お花だね」

絢が返すと駆は満足そうな顔をする。

「眺めてるだけじゃなんだし、そろそろ食べない？　私お腹空いちゃってるんだけど」

その様子を見ていたサトミが遠慮がちに言った。

「それじゃあ食べよっかっていうか、人数分のイスないわね。駆くん、こっちでアタシたちと一緒に食べましょうか。若い二人はそっちで食べて」

という杏里の言葉で、杏里とサトミ、駆はリビングのソファーとテーブルで、絢と亮太はダイニングテーブルで食事をすることになった。

花形に切られたゆで玉子に海老フライ、小さいハンバーグといったお弁当の定番具材に、野菜のトマト煮——駆の花形のニンジンはこれだ——にきのこのバターソテー、それからミニサラダと彩りも綺麗だった。

「おーしー」

リビングから駆の満足そうな声が上がる。

「おいしい？　よかったー。駆くんにいっぱい食べてほしくて、杏里ちゃん頑張ったのよー？」

杏里が言いながら、駆の頭を撫でる。

駆の言葉通り、お弁当はおいしかった。

杏里の料理がおいしいのは知っていたが、改めて感心するほどおいしかった。

「杏里さんって、お料理、本当に上手ですね。どれもおいしいです」

絢が言うと、

「おいしいって、誰に何回言われても嬉しい言葉だわぁ。リョータくんも遠慮せず、何回言ってくれてもいいのよー？」

杏里はそう言って亮太にも催促する。

「うん、杏里さんのお料理おいしーよ。あと俺、杏里さんの作るタコライスも大好き」

催促された亮太がついでにリクエストめいたことも言うと、

「そういえば、最近作ってなかったわね。じゃあ、夕食、それにしましょうか。絢くん、お台所借りていい？」

杏里はそう聞いてきた。

「え、ここで作るんですか？」

「嫌ならリョータくんとこで作るから構わないけど。夕ご飯できたら呼びましょうか？」

「いえ、嫌だったわけじゃなくて、まさか夕ご飯を作ってもらえると思わなかったので」

「作るわよー。可愛い駆くんのお腹をいーっぱいにしたげちゃうー」

「子供の頃から餌付《えづ》け作戦、えげつなーい」

杏里の言葉にサトミがケタケタ笑いながら言う。

「大丈夫、成人までは待つから」

「ってその頃、杏里さんいくつよ。還暦前のババアじゃないの？」

「失礼ね、アタシは年取ったりしないの」

そう話すサトミと杏里に、

「……年取ったら、ババアじゃなくて、ジジイじゃない？」

冷静に突っ込んだ亮太の言葉に、絢はつい吹き出しそうになり、それを必死で両手で口を押さえてこらえたのだった。

昼食後、少し休憩を取った後、杏里とサトミは駆を連れて夕食の買い出しついでに散歩に出かけた。

「三人で楽しくゆっくりデートしてくるから、二人はおうちの掃除でもしててー」

という杏里の言葉に従ったわけではなかったが、駆の相手をしながらでは家事も思ったようにてきぱきと進まず、地味にストレスなのだが、不在の間なら進められる。

その掃除を、当然のように亮太は手伝ってくれた。

「お風呂場しゅーりょー、次、キッチンの床拭きでもする？」

頼んでいた風呂場の掃除を終えた亮太がお伺いを立ててくる。

「お願いできる？　あ、その前に掃除機……」

「掃除機やって、ペーパーシートでもっかい埃《ほこり》とって、水拭きでいい？　その後、空拭きする？」

「ううん水拭きまでで」

「わかった」

亮太はそう言って掃除機を手にした。

指示を出した絢が何をしているかと言えば、リビングに駆の服を持ってきて、それの選別だ。

成長期なのでどんどんサイズアウトしていく。少しずつ買い足ししてきたが、ゆっくりと時間が取れなくて、着られなくなったものものタンスに詰め込んでいた。

それらの判別は絢にしかできないから、と亮太が掃除を引き受けてくれたのだが、半分くらいは絢に無理をさせないためだろう。

「……亮太くんって、本当に優しいよね」

掃除機をかけ終えた亮太に言うと、亮太はいつものあの緩い笑顔を浮かべて掃除機を元の場所に立てると、リビングのラグの上に腰を下ろし服の選別を続けている絢の前に膝を折ってしゃがんだ。

「ちょっとは俺のこと、頼れるオトコだってわかってくれた？」

「もちろん。すごく頼りにしてるよ」

そう返した絢に、亮太は嬉しそうに笑うと、

「じゃあさー、俺とつきあったりとか、してくれない？」

突然、思いもしなかったことを口にした。

「……え？」

「おつきあい。ご近所さんじゃなくて、男女交際的な意味の方で」

戸惑うというよりも、言われている言葉をどう理解していいのかわからなかった。

いや、決定的な言葉を聞いているのだが、理解が追いつかないのだ。

そんな絢の様子を見ながら、亮太は言葉を重ねた。

「この前、喫茶店でコーヒー飲んだ時に、絢くんたちと会ったのは運命だと思ったたって言ったの覚えてる？」

その問いに、絢は頷いた。

「覚えてる、けど」

「俺、本気でそう思ってて、毎日、絢くんがいっぱいいっぱいになりながら頑張ってるとこ見て、なんか、たまらなく愛しいっていうか、支えてあげたいっていうか、そんな気持ちになって、それで俺って絢くんのこと好きなんだなーって自覚した。だから、まず信頼関係を築くとこからだなーって思ってゆっくり頑張りながら、外堀埋めてったつもりなんだけど、絢くん、気付いてくれそうにないし、俺の方が、もう、いつうっかり好きだって叫び出すかわかんないくらいの感じになってるから、とりあえず言っといた方がいいかなって」

相変わらずの緩い口調で言う。

「……えーっと、俺、今、告白されたんだよね？」

現実味がなくて、絢は問い返した。

「うわ、その返し斬新《ざんしん》」

亮太はおもしろそうに言ってから、

「うん、告白。でも、絢くんに返事してほしいとかはまだ、思ってない。さっきも言ったけど、急に『好きだ』って叫んで驚かせないように先にお知らせって感じだし、そういう妙なシタゴコロを抜きにして、駆くんのことも可愛くて大好きだから、これからもお世話させてほしいなって思ってる」

と続け、戸惑いがありありと表情に出ているだろう絢の頭を撫でて立ち上がると、

「じゃあ、床掃除に戻るねー」

そう宣言して、キッチンに戻っていく。

絢はしばらくの間、駆の服を手に持ったまま固まっていたが、キッチンで掃除を続ける亮太の気配に急に恥ずかしさのようなものがこみ上げてきて、床に倒れたくなった。

――やばい、心臓、速い……。

急にドキドキしてきて、自分の方が叫び出したくらいだ、と思った時、

「たーだーいーまーー」

「帰ったわよぉ」

玄関ドアが開く音とともに、杏里とサトミの声が聞こえてきて、少ししてからパタパタと小さな足音を響かせて、駆がリビングに姿を見せた。

「じゅーく、たーいま」

にこにこしながら絢の許にやってきて抱きつく。

「おかえり、駆くん。お買い物とお散歩、楽しかった？」

「ん！　ぶあんこした」

駆が報告してくる。

「そう、ブランコしたのよねー」

「空に届いちゃいそうなくらい、高くまでこいだわよねー」

杏里とサトミが言葉を添えてくる。

「そっか、よかったね」

返しながら、三人が帰ってきたことで二人きりの時の何とも言えない空気感が霧散《むさん》して、絢はほっとした。

「駆くん、いってらっしゃい。気をつけてね」

翌朝、いつものように手伝いにやってきた亮太は、まったく態度を変えることなく普通に駆の身支度を整えて、一緒に朝食を取り、そしてマンションのエントランスまで見送ってくれた。

「いってらっしゃい」

「気をつけてな」

いつものようにベンチに座って朝の寄り合いをしていた老人たちも同じように声をかけて見送ってくれる。

駆は笑って彼らに手を振って応える。

駆はすっかりここでの生活に馴染んで、老人たちのちょっとしたアイドルだし、絢にしてもいろいろと気遣ってもらえているのを感じる。

それも、亮太が彼らにあれこれ話してくれているからだろう。

そういった気遣いのおかげだと思うと、感謝しかないのだが、

――俺とつきあったりとか、してくれない？――

昨日から、前触れもなく脳裏に亮太のその言葉が蘇《よみがえ》って、叫び出したい気分になる。

「……それはいいから…」

「え？　何か言いました？」

隣の席の後輩が怪訝《けげん》な顔をして、絢の様子をうかがう。

「あ…、ごめん、なんでもない。ちょっと頭の中で問題ばっかりがループしちゃって」

適当な言葉でごまかす絢に、

「何か手伝えることとあったら、言ってくださいね」

後輩はそう言って自分の仕事に戻る。

絢は何事もなかったように資料に目を向けながら、内心でため息をつく。

昨日はあれからずっと杏里とサトミがいてくれて、二人が帰る時に亮太も一緒に帰ったので、二人きりになることはなかったのだが、亮太の些細な言動をいちいち深読みしそうになっている自分に気付いた。

駆を寝かしつけてからも、亮太の言葉や表情を気付いたら思い出していて、一人うろた

えて、第三者が見ていたら、頭がおかしいのかなと思われる程度にはじたばたしていたし、今だってそれは続いている。

——でも、朝とか、すっごいフツーじゃなかった？

考えてみれば、昨日、駆が杏里たちと帰ってきてからも、そして今朝も、そんな気配は微塵《みじん》も感じさせなかった。

そして、それは翌朝も、その次の朝も変わらず、絢がもしかしたらあの告白は自分の幻覚か妄想だったのかと思いかけていた矢先、

「じゅーんーくーん、何作ってんの？」

駆を寝かしつけてくれていた亮太が、キッチンで出汁を取っていた絢に、後ろから抱きつくようにして声をかけてきた。

夕食を終えた頃に、杏里からの差し入れだという煮物を持ってきてくれた亮太は、そのまま駆のお風呂と寝かしつけまでをしてくれていたのだ。

「……っ！」

あまりに突然のことで、絢は過剰に体を震わせた。

「あ、ごめん、驚かせたー？」

亮太は謝ってきたが、のんびりとした口調で、ついでに言えば抱きついた体勢から動こうとしない。

「……驚いた。塗り壁に襲われたかと思って」

「塗り壁って、ひどいー。で、何作ってんの？」

まったく酷いと思っていなさそうな口調で言いながら、聞き直してくる。

「作ってるっていうか、出汁を取ってる。杏里さんに、出汁の取り方教えてもらったから」

この前、夕食を作るついでにいくつかの常備菜も作ってくれた杏里は、いろいろと教えてくれた。

その時に、

「出汁を作り置きしとくと、いろいろ楽よ。朝もそこに味噌と下ゆでした野菜を突っ込んじゃえば味噌汁できるし。インスタントよりは手間かかるけど、小さい子にインスタントばっかりっていうのもどうかと思っちゃうんだったら、作っといた方がいいかもね」

と、出汁の取り方を教えてくれたのだ。

「絢くんって真面目だよねー、そういうとこ」

「俺一人だったらインスタントですませてるけど、駆くんにはやっぱりちょっとでもいいものを食べさせたいから……。で、そろそろ離れてほしいんだけど」

答えるついでに言うと、

「もうちょっとだけー」

そんな風に言ってくるが、わざとか偶然か耳の近くで言ってきて、触れる息が妙に生々しくて背中をぞわっと何かが走った。

「重いからやだ」

即答すると、やっぱり全然酷いと思っていなそうな口調で「ひどいー」と笑いながらも、離れてくれる。

それに安堵していると、

「あ、そーだ。杏里さんが金曜の夜に店に遊びに来ないかって言ってた。絢くんの都合、どう？」

そんな風に聞いてきた。

「杏里さんのお店へ？」

「うん。たまには羽根を伸ばしたらってさ」

確かに駆と暮らし始めてから、飲む機会は格段に減った。

以前は誘われれば気軽に飲みに出かけていたが、駆のお迎えがあるし、休みの日は休みの日ですることがあるし、駆を連れて飲みにも行けないし、そして、昔から家ではあまり飲む気になれなかった。

「ありがたいけど、駆がいるから」

「そう言うと思ってた。サトミちゃんの託児所に預けてきたらいいって。駆くん、サトミちゃんと馴染んでるし、近い年齢の子供もいるから、仲良く遊んで待ってくれてると思うよ」

その辺りまで考えてくれているのに断るというのも悪い気がしたし、確かに久しぶりにゆっくりと飲みたいような気もした。

「じゃあ、そうしようかな」

絢が行くことに決めると、

「わかった。じゃあ、杏里さんに伝えとくね。絢くんが帰ってきて、着替えて、ご飯食べて、ちょっと落ち着いてからだから……八時過ぎぐらいにここ出よっか」

亮太が大ざっぱに出発時間を決める。

「うん、そうだね。残業がないように祈っといてくれる？」

絢が言うと、亮太はまったく下心を感じさせない緩い笑顔で「リョーカイ」と返してきた。

◇◆◇

週末、亮太の祈りが届いたのか、残業することなく絢は帰宅することができた。

そして予定通りに駆を連れて亮太と一緒に杏里の店『ぱぴよん』に出かけた。

『ぱぴよん』は、電車では一駅先が最寄りなのだが、裏道を通るとわりと近い。

駆は夜の散歩に少し興奮して、一生懸命歩いていたが、半分ほどまで来て抱っこをせがんできた。

そこから先は、絢と亮太が交代で抱いて——駆が最初は絢に抱っこをされたがったからだ——まずサトミの許へと連れていった。

サトミの保育所は飲食店が数多くある通りにある雑居ビルの三階の一室にあった。

「駆くーん、いらっしゃーい」

サトミが明るい声で出迎えると、絢に抱っこされていた駆はにこにこしながらサトミに手を振る。

「サトミさん、こんばんは。駆をお願いできますか？」

絢の言葉にサトミはにこりと笑った。

「任せてー。駆くん、あっちにお友達がいるから、一緒に遊びに行こっか。あ、ご飯はもう終わってる？」

「はい」

「わかった。じゃあ、二人は楽しんできて。駆くん、いってらっしゃいってして」

サトミは言いながら、絢から駆を抱き取る。

駆は「いっしゃっしゃ」と言って手を振ってきた。

どうやら、サトミがいるので、二人が別の場所に行っても不安がないらしい。

その駆に、いってきますと手を振って、二人は『ぱぴよん』へ向かった。

『ぱぴよん』は同じビルの二階にあった。

真っ黒なドアにアゲハ蝶の絵が大きく描かれていて『ぱぴよん』とドアプレートがかかっていた。

そのドアを開けると、店内はすべてが白で統一されていた。

「いらっしゃーい、二人とも、待ってたわよー」

カウンターの中にいた杏里が笑顔で二人を迎え入れ、自分の前の席を指差した。

店内は十席ほどのカウンター席とテーブル席が三つ。あとは小さなステージがあり、そこにはカラオケ用のモニターが置かれていた。

「何か珍しいものでもある？」

店を見回していた絢に、杏里はおしぼりを差し出しながら聞いた。

「あ、いえ……。なんていうか、もっと踊ったり歌ったりするような感じのお店かと思ってたので」

絢の言葉に、どういった店を想像していたか察しがついたらしい杏里は、

「ああ、ショーパブっぽい感じね。残念ながら、うちはスタッフが全員オネエって以外は普通のバーよ。ちょっとぼったくり価格だけど」

笑いながら言う。

テーブル席には男性客が二組いて、それぞれのテーブルにスタッフ——杏里の言い方からして彼女たちもオネエなのだろう——がついていた。

そしてカウンター席には女性客が三人いて、その席の前のカウンターの中にも一人スタ

ッフがいて、三人を相手に楽しげに話していた。

「さて、二人とも何飲む？」

杏里は言いながらメニューをカウンターの上に置いたが、

「俺、とりあえずビール」

「あ、俺も、ビールをお願いします」

亮太と絢はビールを注文した。

それにすぐに杏里がグラスを準備し、冷蔵庫から冷えた瓶ビールを取り出し栓を抜く、
そしてグラスに綺麗に注ぎ入れた。

「じゃあ、絢くん、かんぱーい」

亮太がグラスを手に言うのに、絢もグラスを手にすると、軽く亮太のグラスに合わせた。

「乾杯」

そう言って、一口飲む。

「あー……久しぶりに飲んだって感じする」

「久しぶりってどのくらい？」

絢の呟きに杏里が問う。

「最後は、駆くんを引き取る前だったから、もう、四か月とかそれくらいかな」

絢が返事をすると、杏里は大袈裟なくらいにのけぞった。

「ええー！　四か月とか！　アタシ四か月も飲まなかったら干からびちゃうわー！」

「杏里さんの血管にはアルコールが流れてるから。っていうか、体で醸造してるんでしょ？　もう」

そう返した亮太に、

「そうなったら安上がりじゃなーい？　これからアタシを蔵元《くらもと》って呼んでいいわよ」

杏里も乗って返すが、

「杏里さんの体で醸造されたお酒とか、悪酔いしそうで、の・め・な・いー！」

女性客と話していたスタッフが、笑いながら参戦してくる。

「悪酔いって何よ、シャンパン並の高級醸造だっていうのに」

「強炭酸レベルの刺激とクセがありそうだよねー。杏里醸造所のお酒ってー」

亮太も続けて言うが、

「それが意外とクセになっちゃって、やめられなくなるものなのよ」

杏里は笑って返す。

その返しに、さすがだなと妙な感心を覚えた。

そのまま、新しく入ってきた客や、後からカウンターに入ったスタッフたちと杏里がいつもの調子でポンポンと軽口の応酬をするのを聞きながら飲んでいると、亮太がお手洗いに立った。

すると違和感なく他の客との会話を抜けて杏里が絢の前に来た。

「ね、リョータくんに告白されたんでしょ？」

少しカウンターに身を乗り出し、絢にだけ聞こえる声で聞いてくる。

それに絢は目を見開いた。

「え…、な、え?」

「そんなに動揺しないでよ。……いろいろ、相談されてたからね。ぶっちゃけ、どんな風に思ってるのかしら」

問われ、絢は少し間を置いてから答えた。

「いい子っていうか、いい人だと思ってます。駆のことよく考えてくれてるし、いろいろ気遣ってくれて…優しいし」

その絢の返事に杏里は笑った。

「あら、同性ってとこに嫌悪感とかないのね?」

「嫌悪感っていうか……驚いてはいます。それにいい人だって思ってる延長線上に恋愛感情が来るかどうかはわかんないですし」

驚いているが、亮太が嫌いではない。

好ましい人物だとは思うが、それが恋愛に向かうものかどうかは、本当にわからない。

しかし、

「普通、まったくその気がなかったら自然と距離を置きたくなるもんよ。嫌悪感ってすごくわかりやすい感情だから」

杏里は口元だけで笑って言った後、すっとカウンターの上に乗り出していた体を元に戻

し、

「もー、リョータくん、帰ってくるの早すぎー。いくらアタシでも、こんな短時間じゃ絢くん、口説けないじゃないのよ！」

笑って言った。

「口説きの材料はなんだったの？」

問いながら亮太は座る。

「とりあえず共通の話題として駆くんの話よ。サトミちゃんとこに預けてきたんでしょ？」

杏里が駆の名前を出し、そこから先は駆の話になり、さらに別の話題へと違和感なく移ったが、杏里の巧みな話術と、絶妙に合の手を入れてくるスタッフや常連客の突っこみで、とにかくよく笑った。

そして、閉店時間になり、サトミのところに駆を迎えに行くと、駆はぐっすり寝ていた。

「歩いて帰るんでしょ？　ヘタしたら、その間に起きちゃうかもよ」

サトミが心配そうに言った。

一度起きたら、なかなか寝ない子もいることをサトミは経験上知っているからだ。

そして、サトミの心配通り、駆も夜中に一度起きたら次に寝るまで結構かかる。もちろん、起きた理由にもよるのだが、一時間以上起きていることもザラだ。

「じゃあ、タクシー呼んじゃう？」

亮太が言ったが、

「もし、絢くんが嫌じゃなかったら、今夜、うちで預かるわよ。うち、近いし、仮に起きちゃっても、アタシも杏里さんも宵《よい》っ張《ぱ》りだし、可愛い子と同衾《どうきん》は大歓迎だから」

サトミがそう申し出てくれた。

迷惑じゃないかと悩んだが、亮太がそうしてもらえば？　と言ってくれたので甘えることにした。

そして、亮太と二人でマンションまで戻ってきたのだが、エントランスに入ったところで、

「絢くん、うちでコーヒー飲まない？　絢くんが淹れるみたいな本格的なのはないけど」

そう誘ってきた。

「あー、酔い醒ましにいいかも」

久しぶりに飲んでふわふわした頭で、深く考えず、絢は誘いに乗った。

そして亮太の部屋に行ったのだが、出されたのはインスタントとはいえ、個包装になったドリップパックのものだった。

「あー、これ、便利だよね」

ダイニングテーブルの上に置かれたカップにセットされたペーパードリップから、コーヒーが落ちるのを見ながら絢は言う。

「片付けも捨てたらいいだけだしね。でも、忙しいと、これすら面倒な時あるでしょ？

結局お湯入れてすぐ飲めるのってことになっちゃう」

苦笑しながら亮太は言い、そしてお湯が落ちきったドリップパックを取り除いて、絢の方に差し出した。

「はい、どうぞ」

「ありがとう」

出されたそれを一口飲んで、絢は小さく息を吐いた。

「……なんか、久しぶりにゆっくりできた気がする。会社の飲み会とかも、ずっと断ってたから」

呟いた絢に、

「絢くんは、頑張りすぎるから、いつも。そういうとこも、大好きだけど」

亮太はそう言って笑う。大好き、などと気軽に挨拶代わりのように言ってくるのに、照れるような恥ずかしいような気持ちになりながら、絢は口を開く。

「そんなことないよ。兄ちゃんたちがいたら、当たり前にやってただろうなってことを、やってるだけのつもりっていうか……それでも全然足りてないんだけど」

兄たちがいたら、もっと駆と向き合ってやっていただろうなと思う。

もっとちゃんと駆の成長の様子を気にかけて、遊びにも連れていってやって。

今はいろいろ中途半端で、ダメな気がした。

「足りてないっていうか、前も言ったけど、夫婦二人でやることを一人でやろうとしてるってこと、もっと自覚しようよ」

亮太が冷静に突っ込むのに、絢は項垂《うなだ》れる。

「そうなんだよね……。圧倒的に人手が足りないっていうか、俺が分身の術使えたらいいのに」

「分身の術使えたとして、どっちも絢くんだから、結果二倍疲れるだけってオチになりそう」

「もしくは精度が二分の一？　うわー、どっちもやだ」

苦笑いした絢に、

「でもさ、俺がいたら、二人になるよ？」

亮太がさりげないいつもの調子でそう切り出し、続けた。

「俺、ホントに絢くんのこと好きだから。駆くんのこともめちゃくちゃ可愛いし、このまずっと関わっていけたらなって思ってる。なんて言うか、世間的にいろいろあるってことは杏里さんたち見てたらわかるし、駆くんが成長するにつれて、どう感じるかとかも考えなきゃいけないってこともわかってるけど……絢くんが好きっていうのは、どうやったって変えられない」

亮太はそこまで言って、テーブルの上に出していた絢の手を握った。

「俺のこと、嫌だったら、今、手を振り払って逃げて？　そしたら、もうこの話はしない。駆くんのお世話はちゃんとするけど……絢くんのことは、諦める……努力する」

「努力目標的な？」

「うん。絢くんが俺のこと、嫌だったら。……手、振り払って」

握られた手から力が抜け、重ねられているだけになる。

けれど、重ねられているところから伝わる体温が優しくて、心地よくて、振り払う気にはなれなかった。

「絢くん……振り払わないと、俺、多分勘違いしちゃうっていうか、行きつくとこまで行っちゃうと思うよ？」

亮太の言葉に、絢は少し考えようとしたが、ふっと杏里に言われた言葉が脳裏をよぎった。

「お店で杏里さんに、嫌悪感ってわかりやすいからすぐにわかるって言われた」

「うん」

「手を振り払う気になれないのは、嫌悪感がないからだと思う？」

聞いた絢に亮太は首を傾げる。

「それ、俺に聞く？　まあ、聞いちゃう時点で、久しぶりのアルコールでまともな判断力がないのかなとは思うけど」

「ああ、その可能性もあるのか」

「むしろその可能性しかないかも。……でも、だったら、お酒のせいにしちゃおうか。後悔しても、絢くんはお酒での手痛い失敗ってことで、俺は一夜のいい思い出になるし」

亮太はそう言うと、絢の手を強く握った。

「絢くん、このまんま流されてくれる？」

「……流れる前に溺《おぼ》れたら？」

「大丈夫、俺も一緒に溺れるから」

亮太は笑って言い、絢の手を握ったままで立ち上がる。

「コーヒー、まだ残ってるんだけど」

「後でまた、淹れたげる」

だから、行こ？　と亮太は絢の手を引き促した。


促されるまま亮太のベッドに腰を下ろすと、じゃれつくように抱き締められ、そのまま添い寝をするようにして、押し倒される。

そして絢の顔を見つめて、

「駆くんって、こんな感じで絢くんのこと見てるんだなぁ……。なんか超羨ましい」

そんなことを呟く。

「じゃあ、昔話でもする？　むかしむかし、あるところに……」

絢がそらで話せるようになった昔話を始めようとすると、

「ダメ。今、寝かしつけられたら、俺一生後悔するし」

そう言うと一旦体を起こし、そして、絢の上に覆い被さるようにすると、真っすぐに絢を見つめて、

「ほんとに、大好き」

無邪気に思えるような声で言ってくる。

それが子供のようで、微笑んだ絢に、亮太はゆっくりと顔を近づけ、口づけてきた。

それは最初から本気のキスで、上下の歯列を割って舌が入りこんでくる。

「ん……」

鼻から漏れるような声を上げげた絢に構わず、むしろ気をよくしたように、ぴちゃぴちゃとわざと音を立てるようにして、亮太は絢の口内を舌で舐《な》め回す。

舌を絡めるだけではなく、口蓋《こうがい》まで舐められて、くすぐったさに絢の体からゆっくりと力が抜けた。

まるで何かを味わうように散々舐め回してから、亮太がゆっくりと口を離し、濡れた唇を舐めるのを、絢はふわふわした頭で見つめる。

「絢くん、可愛い……」

そんな絢の様子に、亮太は嬉しげに笑いながら絢のシャツのボタンを外していく。

そして肌に直接触れながら、再び口づけてきた。

這《は》い回る手の感触と、再びの深い口づけに絢の意識はどんどん溶け出していく。

その中、何の膨らみもない胸をまさぐるように揉んできて、それがくすぐったくて、笑

いが漏れた。

「何で笑ってんの……？」

口づけを止め、亮太が問う。

「……くすぐったいし、まな板みたいな胸触ってもおもしろくないだろ？　もしかして、貧乳好き？」

絢が半笑いで問うと、

「貧乳好きってわけでもないけど、巨乳がいいってわけでもないよ？　でも、絢くんの体なら、どこでも全部触りたい」

亮太はそう言いながら、ささやかに存在を主張している胸の尖りをつまみ上げた。

「……っ…ぁ」

皮膚をつまみ上げられる純粋な痛みと同時に、それとは違うものが走った気がした。

それには亮太も気付いたらしく、ふっと笑うと、指でつまみ上げた方はそのまま、もう片方に唇を落とす。

肌がざわついたが、それは濡れた感触に、だ。

そのはずだったのだが、片方は指先でこりこりといじられ、もう片方は舐められたり吸い上げられたりしているうちに、奇妙な感覚が湧き起こり、腰の辺りにわだかまるものが生まれ始めた。

「……ぁ…っ、ちょっと」

そんな体の変化に戸惑い、絢は胸に触れている亮太の手首に触れた。

それに亮太はゆっくりと顔を上げる。

「何？　どうかした？」

「ちょっと、待って……」

震えをこらえて言った絢に、亮太は珍しく人の悪い笑みを浮かべた。

それは子供がいたずらをして、楽しんでいる時のような表情だった。

「どうして？　気持ちよくなってきたでしょ？　こっち、勃《た》ちかけてるし」

亮太は胸をいじっていた手を下肢へと伸ばし、兆《きざ》している絢自身をジーンズ越しに揉みしだいた。

「や…っ、あ、あ！」

ぬるりと濡れた感触がして、絢は恥ずかしさに頭がクラクラした。

「やっぱりこっちの方が気持ちいいよね」

相変わらずの無邪気に聞こえる声だが、していることとのギャップにいたたまれなくなる。

「待っ…て、ほんとに、ちょっと待って……」

汚れるから、と続けると、やっと亮太の手が離れた。

「それもそうだよね。もう、下着は汚れちゃったかもだけど」

事実を指摘されて、死にたくなる。

「脱がせてあげるから、協力して？」

亮太はそう言うと、絢のジーンズのボタンを外し、ファスナーを下ろす。そして、腰を上げて、と囁かれるままに絢が腰を浮かせると、下着ごとジーンズを引き下ろした。

そのまま足から引き抜き、亮太は露《あらわ》になった絢自身を手でじかに包みこんだ。

「っ……！　あ、あ」

「可愛い、びくびくしてる……。それにいっぱい濡れてきた」

恐らくは、事実をそのまま言葉にしているだけなのだろうと思う。

だが、それは恥ずかしい以外の何ものでもないし、むしろ羞恥プレイかと言いたくなる。

言いたくなるけれども言えないのは、絢はもうそれどころではなかったからだ。

口を開こうとすればとんでもない声が出てしまいそうで、それをこらえるために必死で両手で口を押さえた。

「ん……っ…ぅ、っあ、……っ」

包みこんだ手でゆるゆると擦られ、先端はもう片方の手の親指の腹でグリグリといじられる。

そのたびに蜜があふれて、亮太の手が動くたびにクチュクチュといやらしい音が響いた。

「ぅ…っあ、あ、だめ…も……出る」

思ったよりも早く追いつめられて絢は焦る。

駆を引き取ってから、自慰すら満足にしていないというか、疲れ果てて眠るのが常だったのでそんな欲求もなかった。

そのせいで、久しぶりに与えられた刺激に、絢の体は従順だった。

「うん、いいよ。このまま出して……」

わざと耳元に息を吹きこむようにして亮太は囁いてくる。それと同時に絢自身を扱《しご》く手の動きが速くなり、痛みを覚えるくらいに先端の蜜穴を強く擦り立てられた。

「や……っあ、あ、ダメだ…、あ、ああっ」

我慢などかけらもできず、絢は蜜を噴き上げる。

「ああ、あっ、…っ、ぁ……」

放つ間もゆるゆると扱かれて、体の震えが止まらない。

最後の一滴まで絞り取るようにしていた亮太は、扱いても何も出なくなるのを確認したように、

「すごい、いっぱい出たね」

いたたまれなくなる指摘をしてくる。

「……っ…」

恥ずかしすぎて、言葉も出なくて押し黙っている絢に、

「ずっとシテなかった？」

答えたくもないことを聞いてくる。黙っていると、

「それともいつもこんなに多くて、濃いの？」

どこか楽しげに聞いてくる。

「……して、なかった、から…」

それが手だと思っても、これ以上いろいろ吹きこまれるのが嫌で答えると、亮太は満足そうに微笑んだ。

「そうだよねー。駆くんのお世話でそれどころじゃなかったもんね」

やはり、わかっていて聞いていたらしい。そして、絢が抗議の一つでもしようと口を開くより早く、

「今日は、その分もしたげるから、いっぱい気持ちよくなって」

亮太はそう言うと絢に再び口づけ、そして絢が放ったもので濡れた指を両足の間の奥へと滑らせた。

そしてその先にある後ろの孔《あな》に押し当てる。

「……っ！」

経験はなくとも、男同士でのやり方は酒の上での猥談《わいだん》などで聞いたことがあった。

だが自分がその立場になると、その生々しさに体が震えた。

「…絢くん、大丈夫……。男との経験はないけど、こっちでしたことあるから」

唇を離し、囁いてくる。

安心していいという意味なんだろうなと思うが、微妙な気持ちにもなる。だが、抱いた微妙な気持ちが大きくなる前に、一気にそれは霧散した。

亮太の指が、中に入りこんできたからだ。

「あっ……！」

「だーめ、力抜いて。息、吐ける？」

言われるまま息を吐くと、「いい子」と、まるで子供に言い聞かせるように囁きながら頬や額に口づけてくる。

だがその間も指はゆっくりと中に入りこんできて、その感触にどうしても眉根が寄った。

「ん……ぅ…」

「多分、ここ、だと思うんだけど……」

亮太の指が、中のある場所で止まる。

「ここ？」

「んー、なんか、気持ちよくなれるとこがあるって」

その言葉はにわかには信じられなかった。

そもそも、そういう用途に使うところではないのに、気持ちよくなれる場所があること自体が人体としてどうなのかと思うし、排泄のたびに感じてしまうことになったりしたら奇妙なことになる。

——俗説としてってことかな……。

そんな風に思っていたが、亮太は何か確信があるらしく、その場所を集中して擦り始めた。

正直に言えば、痛みがあるわけではないが、体の中で勝手にうごめくものがあるという感じが気持ち悪いとしか思えなかった。

だが、繰り返しそこをいじられていると、不意にむずむずするような感覚が湧き起こった。

「ん…、ぁ、あ……」

「あー、よかった。やっぱりココだった」

まるで宝物を見つけた子供のような声で言いながら、亮太はそこを強く擦ってきた。

「っ……、あ、待って、ヤバい、あ、あ」

寒気に似た何かが背筋を走り、絢は自分のそんな反応に困惑して亮太を見た。

声と同じように、無邪気ないつもと同じ顔をしていると思っていた。

だが、自分を見つめている亮太は、完全に雄の目をしていて、それを見た瞬間、絢の体が震えた。

「気持ちいいよね？　もっとしたげる」

言葉と同時に送りこまれる刺激がさらに強いものになる。

「や……っ、あ、ダメ…待っ、ぁっ、あ！」

「トロトロになってる。可愛い」

「あっ、ぁ！　そこ…っ……も、だめ、あ、あっ」

喘ぐ絢の様子を嬉しげに見つめながら亮太はゆっくりと中から指を引き抜いた。

襲ってくる悦楽が止んで絢はホッとしたが、すぐにそこが刺激を欲しがってうごめき始めるのがわかった。

そんな自分の体の浅ましさに眉根を寄せていると、

「そんな顔しないで。すぐにまたしたげるから、ちょっと待って」

亮太は優しげに声をかけ、ベッドサイドの棚に手を伸ばした。

そして小さなプラスチックボトルを手に取ると、反対側の手に中味を出した。それを指先にたっぷりとまぶすと、

「ちょっと冷たいかもだけど、我慢して」

亮太は指を二本、絢の中へと潜りこませた。

いきなり増えた容積に絢は体を強張らせたが、ローションの滑りを借りて指はスムーズに入りこんだ。

そして、さっきと同じ場所へと到達すると、絢の弱い場所にあるしこりを二本の指で挟むようにして弄《もてあそ》び始める。

「あっ、あ……ぁ、あっ」

「もっとグズグズになっていいよ……」

ローションのせいでぐちゅっと濡れた音が聞こえてきて、いたたまれなくなる。それなのに気持ちがよくて絢の腰がびくびくと震えた。

その腰を亮太はしっかりと押さえつけると、指を中ほどまで引き抜き、そして三本目の

指を伴ってまた戻ってきた。

「ん……っ、あ、キツぃ……」

さすがに三本になれば圧迫感が酷くて眉根がきつく寄った。

「痛い？」

「痛…ぃわけじゃない…けど、苦し……」

話す時の振動でさえ怖いくらいだ。だが、亮太は、

「ごめんね、でもしとかないと、多分無理だから……」

何が無理なのかわからなかったが、そんな風に言うと、三本の指でバラバラに弱い部分を擦られた。

その途端、また一気に悦楽が押し寄せてきて、頭の中が真っ白になる。

「あぁぁっい、あッッ…！　待って、だめ、あ、あっ、ぉかし……っ…かしくなる……」

「いいよ、おかしくなって」

甘い声で囁きながら亮太は後ろからの刺激だけで再び勃ち上がっていた絢自身をもう片方の手で捕らえ、中を穿《うが》つ指の動きは止めないままで絢自身を扱き始めた。

「あっっ、ふぁ…っあっ、あ、あ、だめ、あっ、あぁぁああっ！」

中と外、両方からの愛撫《あいぶ》に絢はなすすべもなく二度目の蜜を噴き上げる。

「ぁあっ、あ、あ……ゃ、だ…、離し……て…」

達している最中の敏感な体の中で動く指と、放つ間もゆるゆると自身を扱き立ててくる

手のせいで、絢の体はなかなか震えが収まらない。

「絢くん……」

熱っぽい眼差《まなざ》しで絢を見下ろしていた亮太が、名前を読んだ後、一度息を呑み、それからゆっくりと絢の中から指を引き抜いた。

それに合わせて絢自身からも手を離す。

そして、着ていたTシャツを脱ぎ捨てた。

スポーツは得意ではないと話していたが、亮太の体は無駄のない筋肉の付き方をしていた。恐らく、スポーツはしていなくても鍛《きた》えているのだろう。

それに比べて、社会人になってから運動らしい運動をしていない絢の体は、もともと細身ではあったが、学生時代はそれなりについていた筋肉も落ちて、薄っぺらいとしか言いようがない。

そんなことを考えながらぼんやりとした頭で亮太を見ていた絢だったが、亮太が自身のジーンズの前をはだけて、すでに熱を増している自身を取り出した時、一気に現実に引き戻された。

——……え、無理、だろ…。

体格から考えればそれ相応のモノがついていてしかるべきだとは思うが、相応の範囲を越えているような気がした。

それを、多分今から自分が受け入れることになるのだと思うと、不安しかなかった。

その不安は表情に出ていたのだろう。

「ごめんねー？　これ、小さくはできないから」

本気とも冗談ともつかない声で亮太は言う。

「……無理…」

呟いた絢に、亮太は、

「大丈夫。さっき言ったでしょ？　男との経験はないけど、こっちを使ったことはあるって。その時、ちゃんとできてるから」

そんなことを言って、亮太は絢の両足を捕らえると大きく開かせ、自分の体をその間に挟む。

「あ……っ」

「ゆっくりするし、絶対ケガさせたりしない。安心して？」

優しげな声音で言い、亮太はその大きな自身を絢の後ろに押し当てた。

「力抜いて？　お願い」

「無…理……」

恐怖が先立って、力の抜き方がわからなかった。

「じゃあ、目を閉じて、息吐いて。ゆっくり……」

吐ききると、次は吸ってと促し、また吐くように声がする。その間、亮太は決して動こうとはせず、絢は少し安心していた。

促されるまま呼吸を繰り返している間に、体から力が抜けていたのだろう。

「っ！　あ、あ、あ……」

息を吐いているタイミングで、後ろが押し開かれ、指三本よりもはるかに大きなものが中に入りこんできた。

「ぁあっ、あ、あ」

「ごめんね、ちょっとつらいね」

亮太は言いながら、絢自身を手に収め、弱い先端をいじり始める。

後ろを開かれるとんでもない圧迫感と、絶頂の余韻を残している自身の最も弱い部分を嬲《なぶ》られて走り抜ける快感の二つで、絢は混乱する。

「ダメ……ゃっ、あ、あ」

「すぐ、だから」

「ゃ…あ、あ」

ぐっと腰が押しつけられて、そして動きが止まる。

「大丈夫……？　先っぽ入ったから…もう大丈夫だと思う」

「先……」

「うん、一番大きいトコ。絢くんが慣れるまで、ちょっとだけ、じっとしてる」

そんなに長くは無理だけど、と囁いて、絢自身をまたゆるゆると撫で始めた。

「……っ…あ、あ」

後ろの圧迫感は酷くても、自身を愛撫されれば感じてしまう。

そして絢自身が少し熱を帯び始めたところで、

「ごめん、ちょっと動くね」

亮太は軽く断ってから、自身を少し奥へと進めた。

目一杯広がった肉襞《にくひだ》が、擦られながら奥へと亮太を受け入れていく。そして、内側のその場所を先端がかすめた。

「あっ……！」

思わず、甘い声が漏れた。

「ここ、だよね」

確認する声に、絢は頭を横に振った。

「待って、待……っ」

「無理、待てない」

亮太は小刻みに腰を使い始めた。指先で散々いじめられていたそこを、先端のえらで抉《えぐ》るようにしながら擦られて、圧迫感をはるかに超える悦楽に、絢は悶《もだ》えた。

「やぅ……っ、あ、だ、め……、待って、やぁッ、あ、あ」

「すごい締めつけてくる」

「無…理……、ホント、待っ…止まって……」

「ホントごめん、無理、もう止まれない」

逃げようとする絢の腰を、亮太は両手でしっかりと掴んで止めた。

そして徐々に動きを大きくして、体の中を容赦なく擦り上げる。それは指では届かなかった場所まで侵食し始めて、開かれる感触さえ悦楽にすり替わった。

「あっ、ぁ……っ、あ、ゃだ、あ、だめ、ああ、あっ」

「中、すごいよ……キツいのに、うねって…」

気持ちいい、と囁かれて、総毛立った。

「い…っ、あ、ああっ」

繋がった部分からぐじゅぐじゅと濡れた音が響く。それが恥ずかしくて仕方がないのに、亮太の動きはさらに激しさを増した。

「やっ、あぁ、ああっ、あー……っあ、あ、あ」

「ヤバ…、思ったよりもたない、かも」

「あっ、だめ、それ、あッぁ、あ」

絢の体が不規則な痙攣《けいれん》を始める。

後ろからの愉悦で立ち上がった絢自身からはたらたらと蜜がこぼれ落ちていた。

「あっ、あ……っ、あああ」

「一緒に、イこ……?」

亮太の手が、再び絢自身を捕らえる。

そしてそのまま強めに扱きながら、腰の動きをさらに激しくした。

「あ、あ、ぃ、ああっ、あああっ」

限界はあっという間に訪《おとず》れ、絢自身が先に弾けた。だがすでに二度蜜を放っている自身からは申し訳程度に蜜が飛んだ程度で、あとは先端をひくつかせながら残滓《ざんし》をこぼすだけだ。

その蜜穴を亮太は無遠慮に撫で回す。

「ダメ、今っ、あっ、ああっ、あ、あ!」

あまりの刺激に目の前が真っ白にかすんでいく。

逃げようとする腰を片方の手でしっかりと捕らえた亮太が、先端だけを残して絢の中から一度引き抜き、そして肉襞が閉じた頃合いを狙って再度奥までを一気に貫いた。

「ああぁぁあっ!」

悲鳴じみた声を上げる絢の中で、亮太が熱を迸《ほとばし》らせる。

中に放たれる感触さえ今の絢には酷《こく》なほどの刺激なのに、亮太は全部を出しきるようにゆるゆると腰を使う。

「ぁっ、あ、あ…」

「絢くんの中、すごく気持ちいい……」

囁く声に体を震わせる絢だが、中の感触の変化に眉根を寄せた。

「亮……」

信じられない、といった眼差しを向けた絢に、亮太はいつもの悪気のない笑顔を浮かべ

ると、

「ごめんね、また、シたくなっちゃった……。せっかく入れたんだし、もっかいだけ、ね？」

優しげな声で、優しくない言葉を紡《つむ》ぎ——再び絢を喘《あえ》がせ始めたのだった。

7

翌日、昼過ぎに杏里とサトミが駆を送ってマンションまで来てくれた。

「じゅーく、たぁいま」

帰ってきた駆が絢に抱きつく。

その時に絢は少しふらついた。

「ちょっと、大丈夫？」

「まさかの二日酔い？　お酒飲むの久しぶりって言ってたし」

サトミと杏里が心配して言ってくれるのに、絢はごまかすように笑いながら。

「大丈夫です、なんともないんで」

そう言いながらさりげなく膝をつき、駆と視線を合わせる。

「杏里ちゃんのご飯、おいしかった？」

「いっぱいおーしー」

「いっぱいおいしかったんだ、よかったねー」

駆の返事に、同じく玄関まで駆を出迎えに来ていた亮太が言い、駆を抱き上げると、

「二人ともお茶くらい飲んでくでしょー？」

「もちろんそのつもりよ。ケーキ買ってきてるし」

杏里がそう言ってケーキが入っているらしい箱を見せる。

「どうぞ上がってください」

絢は二人にそう言い、立ち上がろうとしたが、壁に手をつかなければ立ち上がることができなかった。

その様子にサトミと杏里は顔を見合わせてにやりと笑い、

「あー、なんか察しちゃったかもー」

「ケーキじゃなくてお赤飯の方が良かったのかしら？」

などと言ってくる。

それに動揺して、絢はどう返せばいいかわからなかったが、

「ケーキでもおめでたいからいいじゃんー。俺、ケーキ好き。駆くんはケーキ好き？」

亮太はそう言って駆に問いかける。

駆は笑顔で頷き「いちお！」と苺のケーキが好きだと主張する。その駆を連れて、亮太は先にリビングへと向かう。

杏里とサトミは『後でゆっくり聞かせてもらうから』と耳打ちして、亮太に続いてリビングに向かい、絢はこのまま逃亡を決めこみたくなった。

とりあえず、朝目覚めてすぐは、痛みでベッドの上で寝返りを打つのもつらかった。

無理もないと思う。

そもそも無理目なサイズのものを、その用途のためにはできていない場所に受け入れたのだから。

痛み止めを飲ませてもらい、そのまま昼前まで亮太のベッドで寝転んでいた。

おかげでなんとか自力で立ち上がれるようにはなったが、あとで痛み止めを追加で飲んでおいた方がいいだろうなとうっすら思う。

もちろん、元凶となった亮太は朝食や昼食といった絢の世話はもちろんのこと、部屋の片付けも洗濯も、一手に引き受けてくれた。

亮太は生活スキルが高いので、安心して任せられた。

——とりあえず、明日になればもうちょっと動けるようになるだろうし……。

そんなことを考えながら、お茶の準備を始めようとすると、駆を杏里とサトミに任せた亮太がキッチンにやってきた。

「絢くん、向こうでゆっくりしてきて。お茶の準備、俺がするから」

「大丈夫だよ、これくらい」

「だーめ。見ててつらそうなんだもん。すごい罪悪感」

「……悪いと思ったら、今度は手加減、ちゃんとして」

小声で言った絢に、亮太はなぜか嬉しそうに笑う。

「……何、その嬉しそうな顔」

「だって今の言い方だと、『今度』があるってことでしょ?」

それに絢は眉根を寄せる。

亮太には、ベッドで撃沈中に『この後』のことについて、聞かれた。

『エッチしちゃったんだからってわけじゃないけど、一応、恋人を前提におつきあいってことで行こうと思ってるけど、絢くんは、それだと問題ある？』

正直、聞かれてもすぐには答えられなかったが、確かにしてしまったから即「恋人です」というのも違う気がしたし、亮太の言う「恋人を前提に」というのは正しいのかもしれないと思った。

もっとも、まだ全然冷静ではないから、そう思えただけかもしれないのだが、絢はそれに、ＯＫを出した。

ＯＫしたとはいえ、「恋人を前提のおつきあい」という非常にあやふやなものなので、

『じゃあ、これから俺、ガンガンアプローチしよーっと』

亮太はそんなことを笑って言っていて、多分「次」を匂わせる発言は、亮太にとって喜ばしいものだったのだろう。

「いつになるかわからないけどね。じゃあ、準備よろしく」

そう言って、お茶の準備を任せて、絢はリビングに向かう。そしてソファーに腰を下ろすと、

「じゅーく、だっこ」

そう言って駆がソファーの座面にずり上がってきて、絢の膝の上に座った。

「駆くん、絢くん大好きねぇ」

サトミが言うのに、駆は笑顔で頷く。

「リョータくんの最大のライバルだわねぇ」

杏里が笑いながら言うのに、亮太はお茶の準備をしながら、

「俺の方がちょっとリードしてると思いたいけど、駆くん、無条件でお風呂とか一緒だし、寝る時だって一緒って言えば簡単に一緒に寝てもらえるし、そういう意味だと、全然うかうかしてられないっていうかさー」

わざと小難しい顔をして返してくる。

「そうよねぇ。それに将来はイケメンになるの間違いなさそうだし」

サトミが納得したような顔をして言う。

「ねー、サトミさん、駆くんに似合いの、年の近い可愛い子いないのー？　そっちに気を取られてる間に、俺、絢くんとの関係を盤石《ばんじゃく》にしたいんだけど」

「亮太くん……」

半ば本気に聞こえる口調に、絢は窘めるように亮太の名前を呼ぶ。

だが、それにサトミは、

「可愛い子ならいっぱいいるわよー。特にロシアンパブの売れっ子ホステスの娘ちゃんでリーザちゃんって子がいるんだけど、もう、本当にお人形さんみたいな子なの。今度、合コン設定する？」

冗談めかして返す。

「あー、それいいかも！　飲み物は全員粉ミルクでしょ？」

「そうそう。自己PRで一番イケてる言葉は『俺、もうオムツ外れてるから』よ！」

「やだ、何それ可愛いー」

いつもの調子で杏里とサトミが会話の応酬を始める。

そして、話題が自分たちのことからそれたことに絢は安堵したのだった。

◇◆◇

今までも充分優しかった亮太だが、一線を越えてしまってからはさらに優しくなった。

毎朝、手伝いに来てくれるのは変わらないのだが、絢が帰宅した気配があると部屋にやってきて、食事の準備や駆に食べさせるのを手伝いながら、一緒に食事をする。

その後、絢が駆と入浴をする間に夕食の片付けと、洗濯物を畳んでくれて、駆の寝かしつけまでしてくれる。

細かな家事がなくなるだけでも本当にありがたくて、持ち帰りがちになる仕事に取りかかる時間も早くなった。

だが、絢の負担がそのまま亮太にスライドしているだけなのも理解している。

「いつも、すごく良くしてくれてありがたいけど、亮太くんは大学の勉強とか大丈夫？」

駆を寝かしつけてくれた亮太とリビングのソファーで隣同士に座ってコーヒーを飲みながら、絢は聞いた。

「うん、全然問題ないよー。家にいても、ダラーっと動画観て過ごしたりしちゃってたから」

「それならいいんだけど、いろいろ、してもらいすぎな気がする」

そう言う絢に、亮太はにこりと笑う。

「そぉ？　ていうか、絢くんが忙しすぎるんだよ。俺的には、お手伝いして絢くんの時間ができないと、いちゃつけないし、その時間捻出《ねんしゅつ》のためってとこもあるんだけどね」

亮太はそういうとコーヒーカップをテーブルに置いて、絢を抱き寄せた。

亮太とそういう関係になったとはいっても、絢はまだ気持ちがついていかない——亮太が嫌いだとかそういう対象として見られないとか、そういうわけではなくて、自分が亮太と恋人を前提にした交際関係にあるということが、なんだかくすぐったいような気持ちで、

「ちょっと……俺、まだ明日会社だから」

つい、そんなごまかすような言葉を口にしてしまう。

「わかってるー。絢くん、大変なことになっちゃうから、今日はこうやってくっついてるだけでいいよ。俺、一緒にいるだけでも、実は結構満足できるっていうか、なんか会って、

顔見てるだけで『ホント大好きだなー』って超思うんだよね」

亮太は片方の手で絢の手からコーヒーカップを取り上げて、テーブルに置き、そのまましっかりと抱き締めてくる。

「顔見るだけでいいって今言わなかったっけ」

絢が突っ込むと、亮太は笑う。

「心は満足でも体はそうじゃなかったりするし。やっぱり近くにいたら触りたいと思うし……。ねー、次の日に会社がない日だったら、してもいい？　金曜とか、土曜とか」

耳元でお伺いを立てられて、絢は体温が一気に上がったような気がした。

「……金曜は疲れきってるってことを考慮に入れて、土曜は翌日一日で回復できるレベルに抑えられるならって条件付きになるけど」

「えー、暴走しない自信なんかないいんだけど」

不満げに言う亮太に、

「そんなこと宣言されたら、どの曜日でもダメ。この前、月曜の昼過ぎまで微妙だったんだから」

絢は即座に返した。

無論、絢が不慣れで必要以上に体にダメージを食らったということもあるのだが、そもそもの体格差といささかの亮太の暴走が加わって、土曜、日曜と極力安静にしていたにもかかわらず、月曜まで後を引いたのだ。

「じゃあさー、月曜までお休みの日ならいいってことだよね。後でカレンダーで連休になる日、探しとかなきゃ」

ポジティブにそんなことを言ってくる亮太に、

「我慢とか、自制とか、そっちの方向を検討する気はないのかな」

少し呆れた声をわざと出し、絢は問う。

「普段の金曜とか土曜とかは自制するよ？　自制しなくていい日がどのくらいの割合で来るか、確認するっていうだけー」

亮太の口調はどこかのんびりとしていて、話していても和むのだが、その内容が和まない。

「たまの連休は、駆くんを連れて旅行とかも考えたいんだけど？」

「あ、旅行いいねー。夏休みとかプールもある海辺のホテルとかどう？　連泊したら、絢くん、ずっと寝てられるし、駆くん海とプールで夏満喫できるし」

「駆くんのプランはいいとして、何で俺がずっと寝てる予定なのかな」

「だって、旅行で俺がはしゃがないわけがないじゃん」

そう言う亮太に、

「日中、駆くんと一緒にはしゃいで早々に撃沈してほしいんだけど」

即座に絢が返すと「絢くんひどいー」と、やはりどこか間延びした声で言ってきて、それに絢は落ち着いた気分になっていくのを感じた。

正直に言うと、亮太への気持ちが自分の中ではっきりしないまま体の関係を持って、亮太のことをそういう意味合いで真剣に考えたのはその後だ。

——恋人前提のおつきあい。

自分と、亮太が。

改めてそう思った時、自分の中に湧き起こった感情は、恥ずかしさのような落ち着きのなさのような、とにかくジタバタしたくなるような不思議なものだった。

けれど決して嫌なわけではなくて。

多分それが「好きだから」なのだと自覚したのはすぐだった。

だが自覚するのと同時に、自分の亮太への依存度がどんどん増していく恐怖も感じた。

このまま本当に「恋人関係」になったとしたら、そこに甘えが発生して、もっと依存するだろうと思う。

恋人なのだから甘えていいのだと亮太は言うだろうが、恋人だからこそ、できるだけ対等でいたいというのが絢の本音だ。

頼れるのは楽だ。けれど、自分が楽をする分の負担は亮太に向かう。

——もうちょっと、しっかりしなきゃな……。

心の奥で絢は自戒《じかい》した。

とはいえ、亮太が積極的に絢の手伝いを——これまではかなり遠慮していたらしい——してくれるおかげで、絢の生活の質はかなり上がった。

気温が上がってきたこともあって駆の体調も安定しているが、駆が安定しているのはそれよりも亮太の存在が大きいだろう。

絢が構ってやれない時は亮太が、亮太が代わりに家事をしてくれている時——主に亮太の責任による絢の不調だから仕方がない——は絢が構ってやれるので、そういう意味での精神的な安定が、駆にはかなり大きい。

実際、保育士からの連絡にも一人でいる時も表情が明るいし、お絵かきの時に使う色も明るいものが多くなったと書かれていた。

そして、駆が安定していることで、絢も精神的な余裕ができた。

「一時はどうなるかと思ったけど、落ち着いたみたいだな」

その日、絢は先輩社員の岡村《おかむら》と取引先に来ていた。

その帰り道で不意にそう言われた。

「すみません、いろいろご心配をおかけして」

謝ると、

「正直、甥っ子を引き取るって聞いた時は、仕方ないとはいえ自分から苦労背負いこまなくてもって思ってた。仕事でも大事な時期だったしな。実際、プロジェクトリーダーの件は残念だったが、おまえ、人に協力頼むのヘタっていうか、まあ自分でできることが多いからすいすいやっちまってたんだろうけど、とにかく人に頼んで動いてもらうってことをしないことが多かったが、最近はそうでもなくなってきてるから、そういう面では結果オーライかと思ってる」

岡村はそう言った。

「それって、いいことなんでしょうか？　自分の手が回らないっていうのは、マイナスな気もするんですけど」

人の手をわずらわせている、とそう感じてしまうのだが。

「兵隊としての働きだけなら、とにかく与えられた仕事をこなすっていうんでいいけど、役職上がって、部下を持つようになったらそういうわけにいかないだろ。おまえ、人に自分の仕事を頼む時、誰に頼めば最適か考えて頼んでるだろ？」

「そうですね……、誰が何に詳しいか、得意か、手が空いてるかとか、そういうのは考えてお願いしてます」

「適材適所ってやつを自然と考えてるってことだ。それは、おまえが今後、部下を持つ立場になった時に生きてくるんじゃねぇか？　うまく人に頼むってのもスキルの一つだからな」

岡村のその言葉に、絢はそうですね、と頷いた。

確かにこれまでは、なんでも自分でこなしてきた。

それが当然だと思っていたし、実際にできたからだ。

けれど、駆との生活でこれまでできていたことができなくなって、焦っていた。

プロジェクトリーダーに選ばれなかった時にはショックだったが、入院などもあって、一旦いろいろなことがどん底になって、やっと吹っ切れた気がする。

自分の手が回りそうにない仕事は早めに頼んでおいた方が向こうも焦らずにすむとか、今までは誰がどんな仕事をしているのかあまり気にしていなかったが、気にするようになった。

——悪いことばっかでもないってことか……。

『リーダーになれなかった』というのが自分に貼られたレッテルだと思っていたが、岡村のように違う部分を見てくれている人もいるとわかると、そう思えてきた。

「なあ、ちょっと寄り道してコーヒーでも飲んでいかねぇか？」

駅前にたどり着いた時、岡村は大手チェーンのコーヒーショップを指差した。

「いいですね、ちょっと喉渇きました」

「じゃ、入ろうぜ」

二人して店内に入ると、平日の昼間だというのに八割がた席が埋まっていた。

「岡村さん、俺、注文してくるんで、席を確保してもらっていいですか」

「了解、俺、アイスコーヒー、一番小さいので」

「わかりました」

役割を分担し、岡村は席を確保に、絢は注文にカウンターに並んだ。

そして二人分の商品を注文し、受け取って岡村の待つ席に向かう。

カウンター席だったが腰を落ち着け、コーヒーを口にする。

「今日、そんなにまだ日差しきつくないのに、店の中に入ってほっとするってことはそれなりにやっぱりきついんですね」

一口飲んで、絢が呟くのに岡村は頷いた。

「地味にきてるだろ？　俺らの場合、あんまり外に出る仕事ってねぇけど、営業の連中とか大変だよなぁって思う」

「ですよね。去年、何人か熱中症で倒れてましたし、これから過酷ですよね」

「異動でも、営業には行きたくねぇ……。暑さと寒さで死ねる」

岡村の言葉に絢が無言で首を縦に振って同意した時、店内でかかっていた曲が静かなものに変わり、

「やっぱり白崎くん、訳すの速いしうまいよねぇ」

奥のテーブル席にいた年若い女性の声が聞こえた。

聞き覚えのある名前にふっと視線を向けると、奥のテーブル席に大学生らしい五、六人の一団が座っていて、それぞれに何かのテキストを持っていた。

その中に見覚えのある人物がいた。

座っていても一人飛びぬけて大きい。

そして、際立って整った顔立ち――亮太だ。

「意訳だから、正確性みたいなのには欠けるけどね」

「そういえば教授に注意されてたね。日本語を英語にする時、白崎くんのはスラングが多いって」

「若者感を出そうとしただけなんだけどなぁ……」

首を傾げる亮太に、

「ねー、今度教授のお供《とも》で学会に行くんでしょ？」

隣に座った女子学生が、見ていた辞書から顔を上げて問う。

「うん、バイト代くれるって言うし、教授、人みしりするから一人は嫌だって。俺もたまに喋っとかないと、英語どんどん忘れてっちゃうから」

そう返した亮太に、

「就職、やっぱ外資系狙ってるの？」

最初に亮太の英語を褒めた女子学生が問う。

「んー、まだ全然何も考えてない。っていうか、もうみんな考え始めてんの？　まだ二年なのに」

逆に聞いた亮太に、

「そんな真剣にじゃないけど、一応意識はしてる。気になってる職種って具体的にどんな仕事すんのか、サークルのOBの人に話聞きに行ったりとか」

近い席にいた男子学生が答える。

「私も、この前、狙ってる会社が出展してるイベントに行ってきた」

「へー、そうなんだ」

のんびりと返す亮太に、彼らしいと思ったが、

──そうだよな、これから就活とか、忙しくなってくるよな……。

絢は自分が大学生だった頃を思い出した。

早々に内定をもらう学生もいる中で、絢は力試しと慣れのために受けた会社の一次面接の突破《とっぱ》もできないことが多くて、どんどん追いつめられていった。

自分のことで精一杯で、人のことなんか構っていられないような精神状態になって、何とか希望していた今の会社に内定をもらった時は、もう二度と就職活動なんかやりたくないと思った。

「どうした？　暗い顔して」

黙ってしまった絢に、岡村が声をかける。

「いや、奥の席の学生が就職活動の話してたんで、自分の時のこと思い出して」

絢の言葉に岡村もそちらに視線を向けた。

「大学生か。キラキラしてて羨ましいなぁ」

岡村が感嘆交じりに呟く。

確かに、似た年齢の輪の中にいる亮太はいつもと違って見えた。

「おまえも、大学生に戻りたいか？」

問う岡村に、絢は頭を横に振った。

「就職活動再び、なんて絶対嫌です」

「だよな。おまえ、飲み終わってる？」

岡村は絢のカップに視線をやった。

「あー、はい」

「じゃあ、行くか」

その言葉に絢はイスから下り、岡村と一緒に店を出た。

最後にちらりともう一度亮太を見たが、亮太は何かあったのか、おもしろそうに笑っていて、岡村の言葉ではないが、キラキラして見えて、なぜか胸が痛んだ。


亮太に甘えすぎている。

亮太は「もっと頼って」などと言うかもしれないが、同性同士でしかも年上の絢からすれば、頼りすぎるのは、ただの自分の努力の足りなさと感じてしまう。

負担にだけはなりたくない。

けれど、一緒にいれば亮太は絢の手伝いをせざるをえなくなる。

本人はそれでいいのかもしれないが、それを負担だと思う日が来るだろう。

それにこれから就職活動が始まる。

就職活動の大変さは、絢は経験したから知っているが、亮太はまだ他人事で、ちゃんとはわかっていないだろう。

そんな時に自分たちのことが重荷になるようなことには、したくない。

将来に関わることなのだから、全部の時間を自分のために使ってほしい。

――将来……。

自分で導き出したキーワードに、絢はふっと思考を止めた。

――まだ大学生で、これから好きなように生きていけるんだ……。

それに気付いた時、亮太は優しいから、きっと自分から手を引くような真似はしないだろう。

そうなる前に、今のうちに自分から引くのがきっといい。

好きだからこそ、負担にはなりたくなかった。

――でもいきなり距離を置いたら勘づかれるっていうか、おかしく思われるから、ちょっとずつ、距離を取ってフェードアウトして……。

頭の中で計画を立てる絢の目の前にいる亮太は、食事の真っ最中だ。

最近は食事を一緒にとっているので、無論、絢も駆も食事中である。

「亮太くん、今日、俺、駆くんの寝かしつけするから」

「わかった。じゃあ、洗い物と洗濯ものやっとくね」

気軽にそう言ってくれる。

一瞬、いいよ自分でするから、と言いかけたが、少しずつ距離をと思っているのだから、今日は、そこはお願いしよう、と思い直す。

「ありがとう、助かる」

「どういたしまして」

笑顔で返してくる亮太に、絢は罪悪感を覚えた。

それが顔に出そうになるのを必死でこらえて、食事を終えると、少し間を置いてから絢は駆と風呂に入り、寝支度を整えて、布団で添い寝をしながら寝かしつける。

最近の駆は大体絵本二冊で寝てくれる。

今夜もそうで、一冊目の終わりでもう目がかなり閉じてきていて、二冊目の最初の二ページで完全にまぶたが下り、途中では寝息を立てていた。

駆の寝顔を見ながら、絢も目を閉じる。

今夜は、駆と一緒に寝落ち作戦だ。

絢が寝かしつける時に何度かあったことだが、そんな時亮太は無理に絢を起こしたりしない。

寝てしまっていれば、渡してある合い鍵で施錠して、そのまま自分の部屋に帰っていく。

家事だけさせて悪いなと思わないわけではないが「距離を置く作戦」の最初としては一番ソフトだろう。

案の定、三十分ほどした頃、そっと駆の部屋のドアが開いた。

「絢くん、寝ちゃった……？」

密やかな声とともに、近づいてくる気配がある。

それに狸《たぬき》寝入りを決めこんでいると、一旦気配が消え、ややしてから部屋に戻ってきた亮太が絢に布団らしきものをかけてくれた。

恐らく、リビングのソファーに昼寝用に置いてあるブランケットだろう。

絢の寝顔を確認するような気配の後、頬に何か触れた。

唇だ。

「おやすみ」

囁くような声で言って、亮太は絢から離れた。

ほどなく部屋の電気が消され、ドアが閉まる。

その音に胸が痛んだ。

――でも、こうするのがいいんだ、きっと。

絢にとって駆は大事な甥だ。

けれど、亮太にとっては違う。

亮太にはこれからいくらでも違う「未来」が待っているのだ。

――子持ちの男、なんて、やめとけ。

自分が亮太の友人なら、間違いなくそうアドバイスする。

その方が亮太のためなのだ。

──大丈夫、一人でもちゃんと、駆とやっていける。

自分に言い聞かせるようにして、目を閉じ、いろいろと考えていた絢は、結局そのまま本当に眠ってしまった。


ほとんど一緒に食べていた夕食を、なんだかんだと理由をつけて週五に減らし、夜もだらだらと一緒にいたのを、社外秘の仕事を持ち帰っているからと、早めに帰らせ、週末も仕事を理由に、駆だけを預かってもらったりして、ささやかに距離を取り始めて半月。

「ねー、絢くん。もしかして、俺のこと避けてたりする？」

駆を寝かしつけた後、別に特に今やらなくてもいい会社の資料の整理をしていた絢に、亮太が聞いた。

それは、想定していた問いだった。

「別に避けてないよ。なんで？」

「最近、あんまり喋ってくれないし、お休みの日でも仕事して、俺と一緒にいてくれないから」

亮太はストレートに聞いてきた。

「体調が戻ったら、会社でもまた前みたいに仕事振られてくるようになったし、次のプロジェクトはリーダーになりたいからね。駆も落ち着いてくれて……今が頑張り時だってだけ」

　準備していた言葉を告げたが、亮太は信用していない顔だ。

「っていう、キレイな大人の説明はわかるけど、ホントのとこは？」

「だから、仕事」

「……それもなくはないんだろうけど、やっぱり男同士とか、イヤ？」

　続けてきた亮太の言葉に、絢は資料整理の手を止めた。

「それも、なくはないよ。駆くんが、これから俺たちのことをどんな風に見て成長するのかなとか思ったら、あんまりよくないんじゃないかなとは思ってる」

　だが、その返事は気に入らなかったらしい。

「駆くんのことじゃなくて、絢くんの気持ちを聞いてるんだけど」

　帰ってきた亮太の言葉はやっぱり真っすぐで、ごまかそうとしている絢の胸に突き刺さった。

「……嫌だって、嫌いだって言ったら、帰ってくれるの？」

　ムキになってそんな風に返してしまったのは、後ろ暗いからだということくらいわかっている。

　けれど、距離を置くには、そうするしかなかった。

「本当に嫌いなら、帰る」

　そう言った時の亮太の顔は無表情に近かった。

傷ついているという様子でもなく、本当に「無」で。

それが逆に怖かった。

「……じゃあ、嫌い」

声が震えそうになるのをこらえて、絢は返す。

けれど「嫌い」と言葉にした途端、酷く胸が痛むのを感じた。

「わかった。じゃあ、今日は帰る」

亮太はそう言うと本当に帰っていった。

玄関のドアがガチャリと閉まる音が、いつまでも耳に残って、絢はその夜、なかなか寝付けなかった。


それでも翌朝、亮太はいつも通りにやってきた。

だが、その時にはもう、駆の準備は整っていた。

「駆くん、今日はもうお着替え終わったんだねー」

亮太は明るい声で駆に言った。

「ん！　かけゆ、もう、おにーたぅだから、おきがえできゆ」

「そうなんだ、すごいねー」

亮太に褒められて、頭を撫でてもらい、駆は満足そうだ。

今日は、少し早めに起きて、駆の準備を先に整えさせた。

『亮太くんをびっくりさせよう』

そう言って駆をやる気にさせたのだ。

それから手早く自分の準備をすませた。

亮太に、「もう大丈夫だから」と伝えるつもりで。

「ね、絢くん、どういうこと？」

リビングでテレビを観ている駆の許を離れて、朝食の準備をしている絢の許に亮太がやってきて小声で聞いた。

「どういうことって、そのまま。……亮太くんには本当にお世話になったって思ってるし、すごく助かった。駆が落ち着いてくれたのは亮太君のおかげだってこともわかってる。すごく感謝もしてる。けど…それと、これとは別」

「『これ』っていうのは、俺が絢くんのこと好きなこと？」

「……うん」

「何で急にそういうこと言うの？」

亮太の問いに、絢はすぐに答えられなかった。

嫌いだから、嫌になったから、流されただけだから。

何でも適当に言えばすむ話なのに、言えなかった。

それは昨日、流れで「嫌い」と言ってしまった時の胸の痛みを思い出してしまうからだ。

「ごめん、朝からこの話、したくない。……とりあえず、本当にもう大丈夫だから。下でまた、前みたいにみんなとお茶しておいでよ。みんな、亮太くんが来るの、楽しみにしてるんだし」

いつも、絢たちを送り出してから亮太は合流しているが、やはりみんな亮太が来ると嬉しそうだ。

亮太は子供の頃からここで過ごしているので、みんなにとって孫のようなものなのだろうと思う。

「わかった……。じゃあ、下に行ってる」

「うん、また後で」

そう言って亮太を見送る。

食事の時に駆は「りょーたくは？」と不思議そうに聞いてきたが、用事ができたのだと言うと納得してくれた。

亮太は、いつものベンチでみんなとお茶をしていて、何事もなかったように見送ってくれた。

そして、夜は夜で一緒に食事をしたが――本当は断ればいいのかもしれないが、そこまで振りきることは絢にはできなかった――食べ終わり、少し落ち着いてから、仕事があるからと早めに帰ってもらった。

亮太は不満げで、携帯電話に理由を問うメッセージが入っていたが、

『ごめん、今度、ちゃんと話す』

とだけ打って返した。

今度、と先延ばししたのは、フェードアウトをはかるためではなく、まだ自分の気持ちが揺らいでいる今、このことについて話せば、絶対に感情的になって最悪の状態になるか、亮太にほだされて元鞘《もとさや》になるかだと思ったからだ。

それは、どっちも避けたい。

——でも、あとどのくらいで俺、そうなれるんだろ……。

あまり時間はかけられない。

——とりあえず二週間くらいで覚悟決めよう。

そう強く決意する。

そして、やってきた週末。

亮太は不在だった。

学会に可愛がってくれている教授のお供としてついていっているのだ。

それは以前、コーヒーショップで聞いて知っていたが、今度の土曜は来られない、と一応説明された時には、初耳だという様子を装った。

そんなわけで、今日は駆と二人だ。

駆は朝からずっと絢にべったりで、絢も今日は家事はしないと決めて、ずっと駆の相手をしていた。

だが、食事だけはしなくては体がもたない。

——そろそろ昼飯準備しないとなー。冷凍のうどんがあるから、それで簡単に……。

そんな風に思っていると、インターホンが鳴った。

亮太ではないから、回覧板でも回ってきたのだろうと思って、駆を下におろして確認すると、モニターに映っていたのは杏里とサトミだった。

「杏里さん、サトミさん？」

『あー、やっぱりいたー。あーけーてー。ご飯持ってきたわよー』

杏里の声がスピーカーで聞こえてくると、駆も杏里だと気付いたらしく、先に玄関に向かっていった。

「今、開けます。駆くん、待って」

絢は急いで駆の後を追う。

そして玄関のチェーンを外し解錠した。

その音を聞きつけ、ドアが外から開かれる。

「やっほーぉ」

「げんきー？」

にぎやかに杏里とサトミが入ってくる。

「あーりちゃ、さーみちゃ」

駆が笑顔で出迎えると、

「かけるくーん、会いたかったーぁ」

サトミが駆を抱き上げ頰ずりする。

「今日、リョータくん、留守でしょ？　そこを見計らって来ちゃったー」

杏里はそう言うと、さっさと靴を脱ぎ、台所に真っすぐ向かう。

「お鍋借りるわよー。お吸い物温めたいから」

「ご飯できるまで、駆くんは私と遊んでよっかー？」

駆を抱いたまま靴を脱いだサトミもさっさと玄関を上がって、リビングに入った。

相変わらず二人に圧倒される感じで、絢も部屋の中に戻った。

杏里が作ってきてくれたのはちらし寿司だった。錦糸卵《きんしたまご》の黄色に絹サヤの緑、エビの赤が綺麗だった。

寿司飯にも煮つけたニンジンやゴボウ、シイタケ、それにかまぼこなどが入っていて具だくさんだ。

駆も喜んで食べ、そしてハイテンションな杏里とサトミに乗せられて、ドタバタしない範囲内での子供向け体操ではしゃぎ――ほんの少し休憩時間を取ると、電池が切れたように寝てしまった。

「もう、相変わらず寝顔が天使！　食べちゃいたい」

「ホントよねぇ、こんなに睫毛《まつげ》長くて、エクステいらずよねー」

そう言ってソファーで撃沈している駆の寝顔を見つめている二人に、

「すみません、駆の相手をお任せして。コーヒー淹れたので、どうぞ」

そう言ってリビングにコーヒーを運ぼうとすると、

「ああ、いいわ、そっちに行くから」

杏里が立ち上がり、サトミもそれに続く。

そしてダイニングテーブルでコーヒーを飲んだのだが、

「さて、天使が寝てる間に下世話な話をすませちゃおうと思うんだけど、絢くん、リョータくんと関係こじれちゃったんだって？」

杏里が単刀直入に切り出した。

「別に……こじれたわけじゃないです」

「えー？　なんか嫌いだって言われて、避けられてるってあの子から相談されてるけど？」

「嫌いっていうのは嘘よねー。嫌いだったら一回だってセックスできないじゃない？」

「しちゃった後で嫌になったってことは、あの子、ヘタクソだったとか？」

「あとはナニが大きすぎてつらくてヤになったとか？」

相変わらず速射砲のように二人で話を進めてくる。

「別にそういうんでもないです。ただ、合わないなって思ったのと……駆くんはこれから成長していく時に、俺たちの関係ってどう理解するんだろうとか、いろいろ思って」

なんとかうまくごまかしてしまおうと思ったのだが、

「あんたたちの関係以前にアタシたちの存在をどう理解すんのよーって」

「元男で今は女ですーって、あ、私まだ工事中だから男だわ」

「下も上もあるって、ある意味贅沢なオカマ」

「金のかかるオカマなの、私。あ、手術的な意味でね」

二人はそう言って笑い合った後、

「で、ホントのとこはどうなのよ？　駆くん云々《うんぬん》は完全に後付けの理由よね。合わない、なんて散々家庭内に入りこませといて言うことじゃないし？　あの子が本気で嫌いになっちゃったって言うならしょうがないけど、そういうんじゃないんでしょ？　夕食はまだ一緒に食べることあるっていうし」

杏里はやはりいろいろお見通しのようで、理由を聞いてくる。

だが、絢は答えず、ただなんとかしてやり過ごせないかと思った。

その中、口を開いたのはサトミだ。

「ねぇ、もしかして、リョータくんが若いってトコ気になってたりする？」

「え？」

不意をつかれて、絢は思わず素になった。

「あー、やっぱそこかぁ」

「気になるわよねぇ。相手は大学生だし、自分は社会人で子持ち…まあ子供じゃなくて甥っ子持ちだけど」

「別に、それも関係ないです」

なんとか隠そうとしたが、

「目が泳ぎまくってるから、隠そうとしてもム・ダ。こちとら、客の顔色見分けて商売やってんだから」

杏里は笑いながら言い、それから真面目な顔をして絢を真っすぐに見た。

「絢くんが、人を頼ろうとしない性分だってことは聞いてる。ましてやそれが年下の学生ってなったら余計にね。亮太くんと親しくなったのだって入院だのなんだのあって、背に腹を代えられなくなってのことだっただろうし。……でも、それでわかったでしょ？　あの子が学生って立場とか年齢とか超えたとこでしっかりしてるってこと」

外堀をどんどん埋められて、絢は頷くしかなかった。

「しっかりしてると思います。要領も、割り切りもいいし……」

「そうよね。……あの子ね、最初はあんな喋り方じゃなかったのよ」

杏里の言葉にサトミも頷く。

「最初は、なんて言うのかな。とにかくしっかりした子って感じ。頭のよさがそのまま口調に出ちゃってる感じで近寄りがたいっていうか。目から鼻に抜けるような賢さってあるじゃない？　あれがそのまんまって感じでとっつきづらい感じだった」

今の亮太しか知らない絢は二人の言葉に驚いた。

「そう、なんですか……？」

「今のユルユルな感じからは想像しづらいでしょ？　でも、複雑な育ち方してるから、早くしっかりしなきゃってとこあったんだと思うのよね。早く大人になろうって必死で頑張ってる感じ。あの子の父親のこと、聞いてる？」

杏里の言葉に絢は頷いた。

「仕事人間で、お母さんが亡くなられた後、おじいさんとおばあさんに引き取られたってことは聞いてます」

「あー、その程度か。あの子が話してない部分をアタシが話すのはマズいと思うから、何があったかは伏せるけど、平たく言えば親子関係はあの子が中学の時に破綻《はたん》してんの。まあその前から破綻はしてたんだけど、そこではっきりした感じね。アタシたちが初めて会ったのはそのちょっと後くらい。その時にうちの店に礼《れい》ちゃんってスタッフがいて、まあこれが筋骨隆々《きんこつりゅうりゅう》って感じのいいガタイの子なんだけど、その子に『アンタのその喋り方、反感しか覚えないんだけどー。もうちょっと可愛げ身につけてー？　能ある鷹《たか》って爪を隠すもんなのよー』って今のあの子そのまんまの口調で説教食らったの。それで、何か思うところあったんでしょうね。礼ちゃんの喋りを真似し始めて今に至ってんの」

「そう、なんですね……」

「あの喋り方で緩い子だと思われがちだけど、オツムのデキは相当よ」

サトミが頷きながら言い、杏里が続けた。

「油断させて相手の失言誘っちゃって……おじいさんが亡くなった時、父親相手にそれやって、結果骨肉の争いからの完全断絶。多感な時期に、まだ見なくていい世間の汚いところをいろいろ見て、経験して、でも、それを全部自分で処理してやってきた子だから、世間のことはよく知ってる。アタシたちが思う以上に先のことまで考えてるわよ」

杏里の言葉からは、絢が何を悩んでいるのかは知らないが、杞憂《きゆう》だと言おうとしているのが感じ取れた。

だが、それに絢は頷くことはできなかった。

「……考えた結果、俺は、亮太くんと離れた方がいいって判断したんです」

「先のことを考えてってことよね？　自分の将来じゃなくて、リョータくんの将来を考えたらそうなったって」

「ねぇ、何で急にそんなこと考えちゃったの？　ちょっと前まで、すっごいいい感じだったのに」

サトミが身を乗り出して『ここだけの話にしとくから！』と小声で言ってくる。

「リョータくんには言わないから、教えて」

杏里も同じく小声で聞いてきて、絢は悩んだものの口を開いた。

——いや、誰かに聞いてほしかったのかもしれない。他の誰にも、話すことなどできないから、話すとすればこの二人しかいなかった。

「この前、仕事で外に出た時に、コーヒーショップで亮太くんが学校の友達と一緒のところを見たんです」

その時に、これから就職活動で大変な時期に差しかかるのに、甘えられないと思ったことや、似た年頃の人たちといる亮太は自分といる時と違ってキラキラして見えたことなどを話した。

話を聞いたサトミがまず、

「やだー、せつなーい」

そう言い、それに続いて杏里が、

「それでもって、やっぱり超杞憂ー」

と笑い飛ばす。

「二人にとってはそうかもしれないですけど」

「リョータくんにとっても、そうよ。まあ、男のプライドとして年下に甘えられないってのはわかるけど、年上だから優れてるってこともないわよ。社会に出たら四歳や五歳の差なんて大したことじゃなくなるし」

二人の言おうとしていることはわかる。

わかるけれども、亮太に甘えていくことはできなかった。

「……好きな人の負担になるだけだってわかってて、続けられないです」

呟いた絢に、

「それが本音かぁ……」

すかさず杏里が突っこんできた。

それにしまった、と思ってももう遅い。

だが、杏里はにこりと笑うと、

「まあ、本音を自覚したうえでこの先どうするかは、絢くん自身が考えることだから、もうこれ以上は言わないけど、リョータくんはこれ以上ない優良物件だからね。入居希望者が列を成して殺到する勢いだってことだけ頭に入れといて」

と、釘を刺してきた。

「まあ、大人の汚い手段として、手付金だけ払ってしばらくキープって手もあるんだけど」

サトミが茶化すように言うと、すぐに杏里が、

「手を付けられるのはこの場合、絢くんの方なんだけどねー」

と、乗せてくる。

その後は、駆が起きてくるまで怒涛の女子（?）トークで、笑わせてくれた。

だが、笑いながら、絢はどうするのが一番いいのかを、頭のどこかで考え続けていた。


亮太が来たのは翌日だった。

学会で出かけたのが静岡だったらしく、土産のうなぎパイを買ってきてくれたのだ。

それを受け取って、そのままいつもの日曜のように三人で過ごした。

駆はご機嫌で、一日中はしゃいでいた。

そのせいか、夜はもうお風呂の中で船をこぎ始める始末だった。

なんとかパジャマを着せて布団に運び、駆の部屋から出てくると、亮太が台所を綺麗に片付けてくれていた。

「ありがとう、助かる」

「どういたしまして」

いつもの会話だ。だが、その後で絢は続けた。

「あのさ……、いつも本当に俺たちのこと考えてくれてるのはありがたいし、感謝もしてる。でも……正直に言うと、ちょっと離れて、ゆっくり考えたいって思ってる」

絢の言葉に亮太は眉根を寄せた。

「……考えるっていうのは、俺と別れるかどうかってことだよね」

「うん」

「俺、絢くんの気に障《さわ》るようなこと、何かしたり、言ったりした？　もしそうなんだったら、言って。そういうとこ、ちゃんと改めるから」

亮太の言葉に、絢は頭を横に振った。

「ううん、そうじゃないよ。そういうのは、ない」

「ないなら、なんで？」

当然のことだが、亮太は理解ができない様子だった。

「問題があるのは、俺の方だから。……でも今は、うまく言えない。だから、ちょっと距離置いて冷静に考えたいんだ」

それが今の絢の本音だ。

負担になるから、別れたい。

ならないなら、継続したい？

それもわからない。

自分がどうしたいのかも、今はわからなくなっていた。

亮太はしばらく黙っていたが、

「……わかった。でも、このままフェードアウトになるのだけはやめてほしい。終わりなら、ちゃんと終わりって形を取ってほしい」

「うん」

「あと、この件とは別として、駆くんのことは本気で心配してるから、保育園の第二連絡先からは、絢くんが答えを出すまで俺を外さないでほしい」

「……うん」

絢が頷くと、亮太は小さく息を吐いてから、

「じゃあ、俺、帰るね。……おやすみ」

そう言った。

「おやすみ」

返した絢に亮太は少しだけ微笑んで——こんな時にも微笑んでくれて——玄関へ向かう。

そして、ドアがガシャンとしまったその音に、絢は自分から決めたことだというのに、言いようのない寂しさを覚えた。

8

互いに家を訪問し合ったりしない、たまに顔を合わせたら挨拶をするだけの、引っ越してきた当初のような関係に戻って半月が過ぎた。

駆は突然来なくなった亮太を恋しがって、

「りょーたくは?」

と、よく聞いてきたが、お勉強が忙しいんだよ、と言い聞かせた。

そのうち納得したのか、亮太のことは聞かなくなったが、それでも毎朝、ベンチで住民たちと話している亮太の姿を見つけると駆け寄っていく。

そのまま離れたくなさそうな様子を見せる駆を、うまく操縦してくれるのはやはり亮太だ。

絢が電車に遅れないようにうまく話を切り上げて「いってらっしゃい」をしてくれる。

——駆に、可哀想なことしてるよな……。

あんなに亮太のことを慕っているのに、絢の事情で会わせていないのだ。

そして会わない間に考えるといった亮太との関係についてだが、まったく答えが出ていなかった。

離れて改めてわかったのは、自分がどれだけ亮太に助けられてきたかということと、精神的にも亮太に依存していたか、ということだ。

幸い、駆の機嫌がいいので、問題は起きていないが、もし駆に何かあればあっという間に追いつめられるだろうなと思う。

そして、そういう面での依存とは別に、当たり前のようにいた亮太の存在がないことへの寂しさを、絢は思い知っていた。

——そのうち慣れるから。

寂しいのは今だけだ。

そのうち、いないことが当たり前になってしまう。

両親が亡くなった時もそうだったし、思い出せばまだ泣きたくなるくらいだけれど、そのうち整と詩織のことも、そうなるだろう。

だったら、亮太のことも、と思う。

——けど、亮太くんに他に好きな人ができたら？

二人で一緒にいるところを見るかもしれない。

これまで絢に見せていたような笑顔を相手に向けているだろうか？

それとも見たことがないような顔を相手に見せているだろうか？

その時に自分は何を思うだろう。

考えただけで、言いようのない感情が胸の奥で渦《うず》を巻く。

——別れるって、決めてるはずなのに。

距離を置きたい、とは言ったが、それは別れを自分に言い聞かせるためだ。

それなのに、考えただけで揺らいでいる。

もう半月もたつのに、何の覚悟もできていなかった。

——ダメすぎる。

ため息をついて項垂れた絢に、

「永尾くん、疲れてるとこ悪いんだけど、ちょっと相談いい？」

声をかけてきたのは、プロジェクトリーダーに選ばれた後藤だ。

「ああ、何？」

部長が言った通り、初めてのプロジェクトリーダーで後藤は部長の思った通りにテンパって、初期にいくつかのミスを犯していた。

その際に「相談する相手くらいは作っておけ」と言われて、後藤が相談相手として選んだのは絢だった。

後藤いわく「先輩に相談したら、相談に対する回答を言われて終わりになる。でも同期なら同じ次元でものを考えられるし、それなら競っていた永尾くんが一番適任」らしい。

そんな後藤の態度を疑問視——自分が蹴落とした相手に相談なんて、相手を馬鹿にしている、という者もいたのだが、絢は、純粋に嬉しかった。

同期は間違いなくライバルだ。

けれど、助け合うことができれば、強みにもなる。

「この企画なんだけど、この部分がどうにもしっくりこなくて」

「んー、ここか……どうしっくりこない感じ？」

「取ってつけた感じがして流れが悪いんだよね」

渡された企画案を見ながら、ああでもないこうでもないと話す。

「じゃあこの手前から雰囲気変えて……代わりに、なんだったかな…ド忘れしちゃった。ちょっと検索するから待って」

絢は代わりになるものを探してパソコンの検索サイトを表示させ——トップ画面にトピックスとして表示されていた写真に目を疑った。

「え……」

それは今話題になっているSNSサービス『u＝Me』のCEOが来日したことを告げる写真だったのだが、そのCEOの隣に立っている男性日本人は絢のよく知っている人物だった。

「どうかした？」

トップページに食い入るように見入っている絢に声をかけた後藤は、その写真を見て、

「あー、これ。びっくりしたよなぁ。『u＝Me』の開発初期メンバーに日本人がいるって噂はあったけど、こんな若い人だなんてさぁ」

そう言った。

「え、開発メンバー？」

「知らない？　昨日、このCEOのジェイク・モーガンって人が来日して、来日目的の一つが初期開発メンバーの、白崎って人に会うためだって会見で話して、それで一躍時の人って感じ」

そう説明されて、絢は茫然《ぼうぜん》としながら画面に目を戻した。

「そうだったんだ……。俺、家でゆっくりニュースとか見られなくて」

――そう言えば前に『u＝Me』に登録してるかって聞かれたことあったな……。

その時は気に留めていなかったが、開発に携わったから他のSNSサービスではなく、『u＝Me』の名前を出したのだろう。

「相変わらず甥っ子ちゃんの世話大変？」

「もう慣れたから、大変ってことはないんだけど……でも、目を離すととんでもないことやりかねないから。一昨日はめちゃくちゃいい笑顔でボックスティッシュを全部引き出して遊んでた」

「地味にツライ……」

そう返してくる後藤に苦笑しながら、絢は亮太のことが気になって仕方がなかった。

そして昼休みになり、食事をしながら携帯電話でジェイクの来日と亮太に関してのニュースについて書いてある記事を読んだ。

CEOのジェイクと亮太は一回り年齢が離れているが、亮太とは知り合って十年になるらしい。

それというのも、亮太が中学生の夏休みにホームステイでアメリカに行った時に、世話になったのがジェイクの家だった。

男兄弟のいなかったジェイクは亮太のことを弟のように可愛がり、以来毎年家に招かれ、そのうちジェイクがやろうとしていたSNSサービスの開発に携わった、というのが、いろんな記事を読んで得られた情報だった。

そして、後藤が言った通り『一躍時の人』となった亮太の身辺はあっという間に調べ上げられたらしく、夜、駆と一緒にマンションに戻ってくると、そこにも報道関係者らしき人間の姿が見えた。

エントランスホールの奥のエレベーターが並ぶ居住者専用区画に入ると、いつも亮太と一緒にいる年寄りたちが、そこに置いてあるソファーでお茶をしていた。

「こんばんは」

挨拶をすると、

「二人ともおかえり。亮太くんのこと、知っとるか？」

やや興奮気味に言いながら住民組合会長の堀田が近づいてきた。

「ええ、会社でネットニュースを見て……。なんか、すごいことになってますね」

「昼前くらいからじゃな。亮太くんは、こっちに戻ると迷惑がかかるから、しばらくは戻らんと謝ってたが……」

「そうですか……」

「テレビで、大学も映ってたし、誰が出したのか中学や高校の時の卒業アルバムもテレビに出てたわ……」

心配そうに他の老女も近づいてきて言った。

「永尾さんは、亮太くんの家の事情、知っとるかね？」

堀田にそう聞かれて、絢は一応頷く。

「そんなに詳しくはないですけど、お母さんが早く亡くなって、おじいさんとおばあさんに育てられたって話は」

「……もし、外で聞かれても、何も知らんと言ってやってもらえんか。詳しく調べればわかってしまう話もあるじゃろうが、表に出て気分のいい話でもないんでな。わしらは知らん、で通そうってことにしようと思っとる」

亮太が祖父母に預けられたいきさつや、絢が知らない、いろいろなことを、古参の住民たちは知っているらしい。

「わかりました」

絢が返すと、「変なことを頼んですまんなぁ」と彼は言ったが、それだけ亮太のことを心配しているのだろう。

そして亮太は絢たちのことも心配していたらしく、

「そうじゃそうじゃ、しばらくは何かあっても保育園にお迎えに代わりに行けんから、お迎えの役目をわしに代わってくれと言われとるんじゃが、永尾さんはそれで構わんか？」

堀田は亮太からの伝言を言いながら、絢に確認をしてきた。

「あ…はい、すみません、お願いします」

「いやいや。駆くん、亮太兄ちゃんはしばらく留守になるから、もしかしたら、じいちゃんがお迎えに行くことがあるかもしれんが、頼むな」

堀田が腰を折り、駆に言う。

亮太とよく一緒にいる堀田のことは駆も信頼していて、うん、と頷いた。

――そうだ、第二連絡先、亮太くんなんだった……。

最近、駆が早退することも、絢が最終の迎え時間に間に合わないこともなかったので忘れていたが、もしものことがあれば、困ることになるところだった。

――すぐにそのこと、考えてくれたんだな……自分だって大変なのに。

そう思った時、

――リョータくんはこれ以上ない優良物件だからね――

杏里の言葉が脳裏をよぎった。

こんなに自分や駆のことを考えてくれる相手とは、もう出会えないかもしれないと思う。

――でも、優良物件どころか、もう手の出ない億ションクラスだよ……。

そんな風に胸の中で自嘲《じちょう》しつつ、絢は駆と一緒に自分たちの部屋に戻った。

◇◆◇

大きな事件も芸能スキャンダルもないせいで、テレビのワイドショーは連日、『u＝Me』関係の話題一色だった。

当然、亮太に関した話題も上がり続けていたが、亮太の家庭の事情に関しては堀田の緘《かん》口令《こうれい》が功を奏したのか、平たい事情——幼い頃に母親が亡くなり、主に祖父母に育てられた、というようなことだけは表に出たが、それ以上のことは少なくともテレビでは出なかった。

中学や高校時代の友人というのも時々出てコメントをしていたが、学校生活——とにかく頭がよかったらしい——でのことについてしか話さなかった。

だが家庭以外の事情、特に『u＝Me』関係のことについてはいろいろと出ていた。

あくまでも噂、という前提だったが、初期開発メンバーは全員、ロイヤリティーを受け取っているらしく、それだけで年間で一千万円以上の報酬だとコメンテーターが話していた。

「一千万……」

土曜の午後、家事を終えてつけたテレビでたまたまその話題が取り上げられていて、そのまま観ていたのだが、金額を聞いて乾いた笑いしか出なかった。

ジェイクの来日はSNSサービスのユーザー拡大の意味もあり、彼はマスコミに追われることを厭《いと》わないし、各種イベントへの参加も積極的だ。

その彼に同行している亮太は、個人的なインタビューを受けたり、コメントをしたりということはなく通訳に徹しているが、画面に多く登場する結果になっていた。

「りょーたく、りょーたく」

テレビに映る亮太の姿を嬉しそうに指差し、駆は報告してくる。

「うん、亮太くんだね」

返してやると、駆は満足そうに笑って、またテレビに見入る。

亮太と長く会っていないからか、嬉しそうだ。

だが、絢はその姿を見て、遠い世界の人だなとしか思えなかった。

——もともと近くなんかなかったんだけどさ……。

知らなかっただけで。

大学生と社会人というだけでも、世界が違う。

男同士、というところだけ同じだが、そこは違っていた方が世間的には楽だっただろう。

——っていうか、俺が女だったら、亮太くんに素直に甘えてやっていけたのかな。

仮に普通の大学生と社会人だったとして、もしそうだったら？

サービス

――いや、それでも、多分……。

駆を育てていくことを一番に考えただろう。

そして、学生生活を送っている亮太が遠くに思えて――。

そこまで思った時、インターホンが鳴った。

土曜の来客というパターンに、絢はある程度の予想をしてモニターを確認したが、予想は外れていなかった。

モニターに映し出されていたのは、やはり、杏里とサトミだった。

「今、開けます」

とだけ言ってモニターを切り、玄関に向かう。

「やっほー、愛情たっぷり手作り料理お届け便でーす」

そう言う杏里の手には、やはり紙袋がある。

「いつもすみません」

杏里は、来るたびに常備菜を持ってきてくれる。

それは本当にありがたかった。

「いいのよぉ、料理はストレス発散ってとこもあるし、何より可愛い駆くんのためだもの。上がるわねー」

杏里は慣れた様子で中に入り、サトミは手にしたケーキの箱を絢に渡した。

「ケーキ買ってきたから、お茶にしましょ。いい時間でしょ？」

てくれた。

そう言ってリビングに向かい、駆と再会の感動を分かち合った後、遊び相手を買って出
その間に絢はお茶の準備をし、杏里は持ってきた常備菜を冷蔵庫に詰めながら、残り食材の確認をする。この時に杏里は買い足しておいた方がいい食材と、使い切り方をいつも教えてくれるので、本当にありがたかった。

お茶の準備が整い、リビングでサトミが持ってきたケーキでおやつタイムが始まる。

「リョータくんから連絡あった?」

一通りの「おいしー」連呼が終わった後、サトミが聞いた。

「いえ。住民組合の会長さんには迷惑をかけますって連絡があったみたいです」

「ここにもまだ報道関係、貼りついてるっぽいもんねー」

あれから四日が過ぎて、ここには戻らないと踏んだのか、報道陣の数は格段に減ったが、それでもゼロではない。

亮太はジェイクが滞在しているホテルに一緒にいるらしく、報道陣はもっぱらそっちに集中している様子だ。

「びっくりしたでしょ? そんなすごい子だったのか、みたいな感じで」

杏里が言うのに、絢は頷いたが、

「杏里さんは、知ってたんですか?」

そう、問い返した。

「詳しい話は知らないわよ。ただ、日本で『u＝Me』のサービスが始まるって話題になった時にCEOがホームステイ先の息子さんで、開発を手伝わされたって話をしてくれてたから。でも、ロイヤリティーの話とかは聞いてないわよねー」

「ホント聞いてなーい。今度何かタカっちゃおっと」

サトミが言うと、何かおもしろかったのか、サトミの膝の上でケーキをもぐもぐしていた駆が「きーてなー」と繰り返す。

「ねー、聞いてないわよねー。絢くんは『u＝Me』登録してる？」

杏里が聞いた。

「いえ、俺、SNS系は全然」

「あら、そうなのね。『u＝Me』ってこんな感じなんだけど、あ、なんか夕方からリョータくんとCEOと…も一人誰だろ？　なんか独占インタビューの動画配信するって」

絢に携帯電話の画面を見せていた杏里は、トップにアップされていた情報に食いつく。

「え、何時から？」

サトミが問うのに、

「英語版はもう配信されてるみたいなんだけど、字幕付きの公開が六時からだって。ケーキ食べ終わったら夕食の買い物行って、作って、早めに食べて、みんなで字幕の方の動画観ましょうよ」

杏里が提案する。

「あー、それいいー。賛成！」

サトミが即座に同意するが、絢は戸惑った。

「え、ここでですか？」

「そうよ？　楽しみはみんなで分かち合わなきゃ。大丈夫よ、おいしいもの作るから！」

「駆くん、ケーキ食べたらサトミちゃんと杏里ちゃんと三人でお買い物行く？」

サトミは即座に駆に誘いをかけた。当然駆の返事は「いくー」だ。

「そういうわけだから、絢くんはお茶の後片付けお願いねー」

相変わらず押しの強い二人に押しきられた絢は、はい、としか返せなかった。


杏里が作ってくれた夕食を食べ、片付けが終わる頃には、もう動画の配信が始まっていた。

携帯電話では小さいからと、絢のノートパソコンを使い、杏里のＩＤで『u＝Me』にログインして、みんなで動画を観る。

画面に映ったのは亮太とジェイク、そして日本支部を統括しているというロバートという男で、ロバートも初期からのメンバーらしい。

会話はすべて英語だった。

そして、少なくとも絢の耳には亮太の英語は他の二人と遜色《そんしょく》なくネイティブに聞こえた。

インタビューは最初は今後のサービス展開についてなどの話題だったが、そのうち友達トークのノリになり、ジェイクのプライベートな話題になった。

ジェイクはまだ独身らしいのだが、

『俺、正直な話、お金持ちになったらモテまくりだと思ってた。でも現実は違うな』

真面目な様子で話し出したジェイクに、

『バーチャルリアリティーアイドルにハマった時点で現実ですらないと思うんだけど』

亮太が即座に突っ込んだ。

『何を言う、いつでも笑顔で出迎えてくれるんだぞ。いつか人型アンドロイドとしてこの世に生み出して現実にすればいいんだ』

『無駄な前向きさ加減、超怖い』

という二人のやりとりに、

『結婚はいいぞ』

とロバートが口を挟むと、「唯一の妻帯者」というテロップがロバートに出た。そしてそのままロバートは亮太に聞いた。

『初めて会った時はまだ中学生だったけど、もういい年齢だろう？　恋人はいないのか？』

『いないっていうか……、うん、微妙』

亮太は言葉を濁す。

それにジェイクはにやにやしていたが、ロバートは何も知らないらしく、

『微妙ってことは、気になる相手はいるんだな？』

『いないわけじゃないけど』

『力で押しきれるだろう？　経済力もあるんだし』

と、助言する。だが、それに亮太は、

『ジェイクと違って、俺はリアルにいる人だけど、お金があっても振り向いてくれない人は、振り向いてくれないから』

少し真面目なトーンで言う。

それにニヤついていたジェイクが、

『ジュンチャーン、So sweet』

笑って叫ぶ。

——え……、ジュンチャンって、何？　俺⁉

まさか自分の名前が出ると思っていなかった絢は、自分の名前だと認識した瞬間、頭に血が上ってクラクラした。その絢の肩を、

「ちょっと、あんたのことじゃーん！」

容赦なく、杏里が叩いた。

「痛《い》った……」

「リョータくん、未練たらたらって感じの顔しちゃってー」

サトミが、ロバートには普通に、そしてジェイクには「バーチャルアイドルはいいぞ」と奇妙な慰めを受けている亮太の様子を見て呟く。

「絢くん、どうしてもあの子のことダメなの？」

杏里が少し落としたトーンの声で問う。

「……ダメっていうか…。この前までは年下に甘えられないって方向だったけど、今度はもう住む世界が違う人って感じで……」

どっちにしても、世界が違う。

顔バレした以上、亮太だって今までと同じ生活はできないだろう。

亮太にふさわしい世界に、ふさわしい相手がたくさんいる。

——子持ちの年上を選ばなくたって……。

「ねー、絢くん。アンタも今、リョータくんと同じ未練たらたらの顔してんだけど？」

そう言って笑う杏里に、

「両片思いこじらせ中的な感じよねー。少女マンガー」

サトミも笑う。

「……大丈夫です。ちゃんと、割りきれるから」

そう言う絢に、二人は何も言わず、ただ笑った。

動画でジェイクが口にした『ジュンチャン』探しがネット上で加熱し、名前に「じゅん」がつく亮太の周辺の女性のすべてが候補に上がる事態になったが、結局誰も該当せず、最終的に『小学校の頃の担任の堀部潤子《ほりべじゅんこ》先生（現姓：大原《おおはら》）では』ということに落ち着いていた。

◇◆◇

そしてジェイクが全日程を終えて帰国した数日後、大物芸能人のスキャンダルが起こり、マスコミの話題は一気にそちらに移った。

マンションに残っていた報道陣もすべて撤収し、久しぶりにいつも通りの静かな日常が戻ってきた。

年寄りたちはまた、アプローチにあるベンチで朝のお茶を飲みながらの寄り合いを始め、出かける絢と駆に挨拶をしてくれる。

すべてが元通りになっていったが、亮太だけは、まだ戻ってこなかった。

——もう、戻ってこないかもな……。

自分が戻ってくることで、住民に迷惑がかかるなら、亮太は別の場所に身を移すかもしれない。

　実際、他にも借りている部屋があるらしく、今はそちらにいるらしいのだ。

「このままフェードアウト、かな」

　それは嫌だと言ったのは亮太だが、保育園の連絡先は堀田に変更されているし、亮太が戻ってこないのなら、このままフェードアウトになるだろう。

　——それがいい。きっと。

　明確な答えを自分で出さなくていいことに、絢は安堵していた。

　その方が「仕方がなかったのだ」と言い訳ができるからだということに気付いていたが、その曖昧《あいまい》さに逃げこんでしまいたかった。

「じゅーく、じゅーく」

　ふっと考えこんでいた絢のTシャツの肩口を引っ張って、駆が声をかけてくる。

「うん？　何？」

「みちぇ」

　そう言って、今まで絵を描いていた画用紙を絢に見せる。

　そこに描かれていたのは、棒と丸で構成された『恐らく人の顔』と思えるものだったが、一緒に暮らし始めた当初と比べると格段にうまくなっていた。

「上手に描けてるね。これは、誰？」

「ぱぱ。これまま」

順番に指をさして説明していく。

二人の間にいるのが駆で、『パパ』の隣にいるのが絢だ。

『ママ』の隣にも二人描かれていて、

「あーりちゃ、さーみちゃ」

「杏里ちゃんとサトミちゃんなんだ。可愛く描けてるね」

『ママ』の側に描かれているので、駆の中で二人は女子判定なのがわかる。

「あと、りょたく」

絢の隣に一番大きな丸で描かれている顔は、亮太だった。

「亮太くんなんだ」

「ん！　りょたく。りょたく、いちゅくゆ？」

聞かれて、絢は悩んだ。

「……いつかなぁ。お勉強が大変で、忙しいみたい」

「ぱぱとまま、いっちょ？」

駆の言葉に、胸が詰まる。

駆にはまだ「死んだ」とは言っていない。

伝えても、「死」というものを、理解ができないからだ。

そのため、仕事が忙しいのだと伝えてあった。

忙しいから、会えない、と。

だから、忙しい、という言葉から、両親と同じと理解したのだと思う。
だが、なんだかそれがたまらなく胸に突き刺さった。
——このまま、もう会えなくなるのかな……。
フェードアウトする方がいいと思っていた。
けれど、本当にこのままもう二度と会えなくなるのかもしれない。
そう思うと、言いようのない感情が胸の奥から衝動的に湧き起こってきた。
「じゅーく？」
きっと、奇妙な顔をしていたのだろう。
駆が不思議そうな顔で絢の名前を呼ぶ。
その時、インターホンが鳴った。
金曜の午後八時前。
こんな時間に家を訪れるような相手はいない。
さすがに杏里もサトミも今は仕事中だ。
——堀田さんかな……。
もしくは、隣家だ。
そう思いながら絢は立ち上がり、モニターを確認して、言葉を失った。
そこにいたのは、亮太だったからだ。
——どう、しよう……。

迷っているともう一度インターホンが鳴り、そしてドアがノックされた。

「いるでしょー？　あーけーてー」

外から声がかけられる。

その声に駆が反応した。

「りょーたく！」

そう言うや、玄関に駆けていく。

「駆くん、待って」

絢は慌ててその後を追いかけ、玄関前で捕まえる。だが、

「りょーたくー」

嬉しげに駆が亮太を呼んだ。

――ああ……。

黙っていてもバレバレの居留守になることはわかっていたが、こうなるとドアを開けざるを得ない。

絢は駆を片手に抱いたまま、もう片方の手でドアを開けた。

「ごめんねー、急に来ちゃって」

亮太は、何事もなかったようないつもの笑顔、いつもの口調でそこに立っていた。

だが、その両手には大きな紙袋があり、何かのプレゼントらしき包み紙が見えていた。

「りょーたく！　いちゃっちゃい」

絢に抱かれたままの駆が亮太に手を伸ばし「いらっしゃい」を笑顔で言う。

「駆くん、久しぶりー。元気にしてたー？」

亮太は駆にそう言ってから、絢を見た。

「上がらせてもらっていい？」

「あ、うん……どうぞ」

戸惑いつつ、承諾する。両手に荷物を持ったまま靴を脱いだ亮太は、真っすぐリビングに向かい、絢も駆と一緒に後を追った。

「えーっと、とりあえず、これ駆くんにプレゼント」

リビングに落ち着いた亮太は、両手に持っていた紙袋の中身を取り出しながら言った。

「駆に？　こんなに？」

袋からは次々におもちゃやお菓子が出てきたのだが、テイストがどう見ても日本のものではない――ゼリービーンズ一つ取ってみてもサイズが大きいし、何より色が真紫だったり真っ青だったりする――し、パッケージも英語だ。

だが、駆は久しぶりに会う亮太と、大量のお菓子とおもちゃにテンションが爆上がりしているのがわかる。

「えーっと、知ってるかもだけど、この前までアメリカの俺の友達が遊びに来てて、その前に駆くんのこととか話してたからお土産にーって持ってきてくれたんだ」

そう言いながらおもちゃのパッケージを一つ開けて駆に差し出す。

それはアメリカで流行っているのだろうと思われる子供向けの変身セットで、何かのマントとスポンジでできた剣、それからベルトなどだった。

早速それを身に着けた駆は嬉しそうに飛び跳ね、スポンジの剣を振り回す。

――これ、下の階が亮太くんの部屋じゃなかったら完全に苦情ものだな……。

そう思うが、その亮太も今はここにいて、一緒になって駆の勇者ごっこもどきにつきあって遊んでいるので気にしないことにした。

とりあえず二人が遊んでいる間に、絢は亮太がお披露目したお菓子とおもちゃを再び仕分けしてしまう。

それが終わっても亮太と駆のハイテンションな遊びは終わらず、二人にはそのまま遊んでもらっておいて、絢は洗濯物を畳み始めた。

そして畳んだ洗濯物をそれぞれの場所にしまい、リビングに戻ってくると、駆がラグの上で寝ていた。

「……さすがに電池切れしちゃったか」

無理もない。

いつもなら入浴を終えて絵本を読み、スヤスヤタイムに入る頃なのだ。

それがハイテンションで遊んで最後の体力を使いきったのだろう。

「部屋へ運ぶ？」

問う亮太に、絢は頷いた。

「寝かせてくる」

「じゃあ、戻ってくるの待ってる。……ちょっと、話したいこともあるから」

亮太の言葉に絢は、やっぱり、と思ったが、ここまできて逃げることもできない。

「わかった。ちょっと、待ってて」

絢はそう言うと駆を起こさないように抱き上げ、部屋へと連れていった。

そして布団に寝かしつけ、少しだけ寝顔を見つめてから、リビングに戻ってきた。

絢が戻ってくると、亮太はことさらほっとしたような顔を見せた。

「待たせてごめん」

「ううん……。こっちこそ、急に来てごめんね」

謝る絢に、亮太は謝り返してきた。

その亮太の座るソファーの傍らに、少し間をあけて絢も腰を下ろす。

微妙な距離感に、亮太は何とも言えない顔をしたが、

「話っていうのは、これからのことなんだけど」

切り出した亮太に、絢は頷いた。

「うん」

「でも、その前に、俺、絢くんに話してないことが、いろいろあって、それを話してからじゃないとフェアじゃないっていうか……ダメかなって思うから、聞いてもらってもいい？」

「……うん、確かに、知らないことだらけだと思う。あんなにすごい人たちと友達だとかも知らなかったし」

絢が言うと、亮太は少し眉根を寄せた。

「ごめん……。まさかジェイクが俺に会いに来たなんて、名前をガッツリ出すと思ってなかったから…」

「いいよ、別に。驚いたけど、そんなに気にしてないっていうか、聞いてたとしても夢みたいな話で、嘘ついてると思っただろうし」

それに亮太は少し笑って、僅かに間を置いてから言った。

「俺の母親が小学生の頃に亡くなって、おじーちゃんとおばーちゃんに預けられたっていう話はしたよね」

「うん」

「俺、預けられてから父親とは、ほんとに数える程度しか会ってなかったんだ。一年に一度、会うか会わないかくらいのレベル。父親にとって『家庭を持つ』っていうのは、社会的信用を得るための手段みたいなとこがあったみたいな感じっていうか……。だから、母親が生きてた時も、父親とは普段あんまり顔を合わせてなかった。実際仕事でめちゃくちゃ忙しかったみたいだし。だから、母親が亡くなって、まだ手がかかる年齢の俺は、父親にとって邪魔でしかなくて……ちゃんと育ててくれる人がいれば、それでいいって感じ。だから『ちゃんと育つ』ための資金は惜しまなかったけど、本当にそれだけ。おじーちゃんとおばーちゃんは、自分の息子ながらそういう態度を苦々しく思ってて、何かにつけて会いに来させようとしてたけど、正直、来られても俺も話すことなかったし……挨拶して、元気です、みたいなこと言って終わりって感じだった」

「……親子って感じが薄かったってこと？」

「多分ね。父親とはもともと接点がなかったから、その頃はそれがおかしいとは思ってなかった。今考えたら、普通じゃなかったってわかるけど。そんな感じで小学校六年になった時、親父が再婚したんだ。つきあってた人に子供ができて、それがきっかけで。相手も俺がいるってことは聞いてて知ってたし、親子が離れて暮らすのはよくないからって言ってたらしい。まあ、誰もが思いそうな理想論なんだけど、おじーちゃんとおばーちゃんも親子関係が修復できるのは今だけだろうって。それで、俺が中学に上がるタイミングで、一度、父親のとこへ戻ったんだ。戻ったっていうか、感覚としては父親と再婚相手が築いてる新しい家庭に俺が入りこんだって方が近いかな。……まあ、当然のようにうまくはいかなかったんだけど」

そこまで言って、亮太は自嘲めいた表情を浮かべた。

「…俺、ちょっと頭の回る子だったから、その時にはもう、父親と対等に討論しちゃうような感じだったんだよね。今思えばクソ生意気なガキだったんだけど……。父親にしてみれば新しい家庭に入りこんだ異分子が盾ついてくるって感じだっただろうし、新しい奥さんは初めての子育てで大変なところに俺がそんなだから参っちゃって、一か月そこそこで崩壊寸前。それで、五月の連休に、旅行カバン持ってここへ戻ってきて……おじーちゃんたちも父親が俺を扱いかねてるのはわかってたみたいで、なんにも言わずに元通り俺を受け入れてくれた。その後は、父親とは会わなくなって、会ったのはおばあちゃんとおじいちゃんのそれぞれのお葬式の時だけ」

……そんな親子関係もあるんだね……」

絢の言葉に、亮太は苦笑いを浮かべた。

「俺が、もうちょっと素直な子供っていうか、子供らしい子供だったら違ったのかもしれないけど……俺はおじーちゃんとおばーちゃんを安心させたくて、早く大人になりたくて仕方なかったからねー……」

――頭のよさがそのまま口調に出ちゃってる感じで近寄りがたいっていうか――

以前、サトミが言っていた言葉をふっと思い出した。

早くしっかりしないと、と亮太が願った結果だったのだろう。

「おじーちゃんが亡くなった時、遺言で、全財産を俺にって書かれてたんだ。俺はその時おじーちゃんと養子縁組してたから、法律上はおじいちゃんの息子って扱い。だから、本当の息子の父親と、本来なら半分ずつ。それだけでも、自分が独り占めできたはずだった父親には腹立たしかっただろうに、遺言で全額俺って書かれてて腹に据《す》えかねたんだろうねー。速攻で異議申し立てしてきて、裁判になって、四分の一弱が父親のものになったんだけど、思ってたよりも少なかったと思う。おじーちゃん自身、父親には思うところがあったみたいで、ある程度をもう俺に生前贈与しちゃってたから……父親が持ってった四分の一は、これまで俺の養育費としておじーちゃんたちに振りこんできた金額とトントンになるから、返してやる気でくれてやれって病院で俺に言ってたし……」

自分の息子にそこまでするというのは、よほどのことだと思う。

それだけ、亮太が可愛かったのか、それとも息子に愛想を尽かしていたのかはわからないが、その両方が生んだ結果かもしれない。

「そのことがあって、父親との仲は決定的っていうか、もともと交流はなかったんだけど、裁判で泥沼っちゃったから、互いに存在を抹殺し合った感じっていうの？　そんな親子関係で育ったから、俺は、守りたいって思った人のことは絶対に全力で守って、自分の手で幸せにしたいって思ってきたんだよね。それがどんな相手でも、家族になって、絶対に一緒に幸せになりたいって、それが夢だった」

亮太はそこで言葉を切り、少し間を置いてから、覚悟を決めたように言った。

「俺は、絢くんと駆くんと家族になりたいって思ってる」

亮太の言葉に、絢はきつく眉根を寄せた。

――ああ……。

胸の内で湧き起こったのは、名前の見つけられない感情だった。

嬉しいのかつらいのかすらわからないその感情は、胸に痛みを伴わせる。

そのわけのわからなさに、絢は振り回された。

「絢くんは、俺が家族になるのは、嫌？　迷惑？」

返事のできない絢に、亮太は問う。

「……嫌とか、迷惑とか…そんなんじゃない。今、そんなこと決めて、後悔することになったらどうすんの？」

震える唇で絞り出すように言い始めると、今度は止まらなくなった。

「大学生で、いろんなことが全部これからなのに。いろんな人と出会って、いろんな世界見て、全部これからなのに、子持ちの年上の、しかも男とか？　あり得なくない？　そもそも有名人になっちゃって、お金持ちで、これからすごい人と出会うだろうし、いくらだっていい条件の人出てくるんだよ？」

言い募った絢に、

「ステイタスバレした後に出会う相手とか、ロクなもんじゃないし。ジェイクが…俺の友達だけど、自分の持ってるお金目当てで近づいてくる相手なんだろうなって思ったら、どんな美人でも興ざめしちゃって、恋愛できなくなったって言ってたし。だったら、もう俺、絢くんが最後の恋愛だし」

亮太はそんな風に言って、絢の言葉を一蹴してしまう。

そして、言うのだ。

「どうしたら、絢くんが俺と家族になってくれるかわかんなくて、ジェイクに相談したんだよね。そしたら、ジェンダー的ないろんなことが認知されてきてるって言っても、まだまだ問題は山積みだし、社会人の絢くんが二の足踏んじゃうのも無理ないって。だから、何かあった時……たとえば、絶対ないけど、俺が心変わりしちゃったとか、そういうことがあった時には、相応のお金を支払うって契約をしとけば絢くんは安心できるんじゃないかって……そういう考えが超アメリカンでどん引きだなーとは思ったんだけど、もし絢くんが、ホントに俺のこと嫌いになって別れたいって言ったら、もうその先は追っかけたりしないって約束するし、もし俺に何かあって、関係が破綻しちゃった時の補償もする。だから、俺の将来のこと考えてって言うのが、俺と一緒にいたくないっていう理由なんだったら、むしろ俺の将来のために俺と一緒にいて？」

まるで子供みたいに、少し首を傾げて。

親におもちゃをおねだりするみたいな顔で。

「……頭いいのか悪いのか、わかんない。俺と一緒にいて、メリットなんか全然ないんだよ？　ただのサラリーマンで、多分、俺の一番は当分駆くんで……」

絢の言葉に亮太は、

「絢くんが一緒にいてくれるってだけで、俺のモチベーション上がるから、それって最大のメリットだと思うんだよね。あと、一番じゃないのは、駆くんが相手ならしょうがないから、当分は諦める。だから、俺と一緒にいて？」

再び、答えを求めて聞いてくるのだ。

「……頭がいいなんて、絶対、嘘」

悪態をつくしかない絢に、

「馬鹿でいいよ、絢くんが一緒にいてくれるなら」

やっぱり亮太は、緩く笑って言うのだ。

別れた方が、亮太のためだとわかっているのに。

好きなら離れなきゃと思うのに。

――亮太くん、ごめん。

絢は胸の内で謝って、

「俺と、家族になって？」

そう聞いてきた亮太の言葉に、頷いた。


「んっっ、あッ、あぁぁっ……‼」

絢の部屋に、甘ったるい声が響く。

「…っ…だめ、も……無理、でな…ッ…ぁっ、あ、あ」

毒を含まされたように体が震えて、ぴゅるっと申し訳程度の蜜が絢自身からこぼれ落ちた。

「やっ、ああ、あ、だめ……、っ…、ぁ…、あ！」

絢の部屋に移動して、ベッドに押し倒されたかと思えば、すぐに深い口づけに溺れさせられた。

口づけられながら体のあちこちに手を伸ばされて、長い口づけが終わった時には酸欠で頭がくらくらしていた。

そのままぼーっとしてて、と優しい声音で言った亮太に服を脱がされて、ハッと気がつけば自身を口で愛撫されていた。

驚いて体をよじろうにも、うまく押さえこまれていて身動きができず、口腔《こうこう》での愛撫に抗う気すら押し流された。

それだけならまだしも、後ろに指が差し入れられて、最初から弱い場所を繰り返し嬲《なぶ》られてひとたまりもなかった。

もう、何度達したかわからなくて、感じて震えるだけになった頃ようやく自身は口から解放されたのだが、後ろを穿つ指——気がつけば三本に増えていて、弱い場所を執拗《しつよう》に責められて感じさせられる。

「も……ゃ、だ…っ、あっ、あ」

「可愛いなぁ……、泣かないで、優しくしたいだけだから」

感じるのがつらくて、生理的な涙がこぼれるのを、亮太は舌先で舐め取る。けれど中を穿つ指は動きを止めることはなくて、達したままの状態が延々と続くのだ。

「ぃ…や…、も…ぉ、…ぃきたくな……っ…ぁッ、あ！」

ガクガクと不自然に体中が震えて、全然止まらなかった。

「っ…あ、あ、だめ、イって、る…あっ、あ、あ、あ…ッ…」

イきすぎてつらいのに、刺激を与えられれば、体はまた新たに上りつめる。

「また、イけたね。でも、もうホントに出ないかな……」

先端をヒクつかせるだけになった絢の先端を、亮太の指が撫でる。その刺激に蜜口から
トロリとしずくがこぼれたが、それはもはや粘性すら薄いものだった。

「……っ…、も…ぃ……、——…っ…、……！」

声も出ないくらいに蕩《とろ》けきって、見えているはずの亮太の姿さえ認識できないくらいに
なってくる。

そんな絢に亮太は優しく微笑むと、後ろから指を引き抜いた。

そして、猛《たけ》ったそれを散々弄ばれてヒクついている後ろへと押し当てた。

「……っ…ぁ」

触れた感触にさえ感じて、熟《う》れきったそこが刺激を欲しがって押し当てられたそれを飲
みこもうとし始める。

「…可愛い、大好き」

言葉と同時に、ズズっとそこを押し開いて亮太が中に入りこんでくる。

「……っあ、ぁ、——ッ！　ああっ、あ……ッ…、あっぁぁ！」

凶器としか言いようがないそれが体の中を貫いていく。

それも、無遠慮に。一気に中ほどまで埋めこまれたそれが、弱い場所をいじめぬくよう

にして律動を刻み始める。

「う…あっ、あっ……、――っ！　…っ、ぁあ、っ！」

喘ぐ声すらかすれて、満足に出てこない。

そんな絢の体を、容赦なく亮太は攻め立てた。

「ずっとびくびくしてる……気持ちいい…」

じゅぶっ、じゅぼっと淫らでしかない音を響かせて、亮太は甘く囁きながら絢の体を蹂《じゅう》躙《りん》する。

中の襞を擦られるだけでこらえきれない悦楽が湧き起こって、頭がおかしくなるくらいに気持ちがいいのに、言葉攻めとも取れる声に嬲られて、絢の体がまた大きく震える。

「また、イっちゃったね……、中、すごい締まった」

もっといっぱい、イって。

甘い囁きとともに、腰を摑み直された。

そして、今までよりも深い場所まで自身を突き入れてくる。

「っ……あ、ぅ…あっ、あ」

「ホントはこの奥まで入りたい……結腸って知ってる？」

どこかうっとりとした声で亮太が聞いてくるが、もう、理解できなかった。

「ここの、もっと奥、今度入らせて……それで、俺の全部を、食べて」

「ぜ…んぶ……？」

「うん。今は、ここまででいいよ。今度、月曜もお休みの時にね。駆くん、預かってもらって……金曜からずっと一緒にいて、ずっとしよ？」

ちゃんとお世話をしてあげるから。

優しい声にほだされて——というよりも、優しい声で言われているから内容も優しいものだとしか理解できなくて、絢は頷いた。

それに亮太は嬉しそうに微笑んで、

「じゃあ、今夜はここまでにしといたげる」

そう言うと、少なくとも今は絢が最奥《さいおう》だと思っている場所までを一気に貫いてきた。

「……っ！　あ、あぁぁぁ！　あ」

あまりの悦楽に叫んだつもりだったが、もうほとんど音にはなっていなかった。

めちゃくちゃに痙攣して締めつける絢の中を、亮太は激しく何度も貫いて、小さく息を呑む声がした次の瞬間、体の中で亮太が弾け、しぶきが肉襞を叩く。

その感触にさえ絢の体は喜んで、腰が悶えるようにビクビクと震える。

「——…ぃ…、く、…っ…ぁ、あ…ぅ、ぅ…っ…ぁっ、あ……」

断続的に放たれるそれに、繰り返し体を震わせる絢を、亮太が愛しくて仕方ないという眼差しで見つめる。

伸びてきた手が、乱れた髪をそっと撫でつける優しい感触に、絢はふっと息を吐いたが、その途端、一気に意識がかすんでいく。

「だいすき」

最後に聞こえた亮太の声を耳に閉じこめて、絢は意識を飛ばす。

けれど、その幸せな逃避は、新たな愉悦に破られて——翌日、絢は自力でベッドから出ることができず、週末の駆の世話と家事のすべてを亮太に任せることになったのだった。

9

『ぱぴよん』はこの夜もにぎやかだった。

「駆くーん、ジュースおかわりするー？」

テーブル席でオネエ様に囲まれて接待を受けているのは、『ぱぴよん』初体験である駆だ。

店に来てすぐは、初めて見る杏里とサトミ以外のオネエ様方に驚いて、固まり、しばらくは絢に貼りついて離れなかった。

だが、みんなが優しいということを理解したのと、子供の順能力の高さを見せ、オネエ様方に連れられるまま別テーブルに移動し、そこで他の女性客にも囲まれてアイドル状態である。

「ごめんなさいねぇ、無理を言って連れてきてもらっちゃって」

カウンターの中から杏里が謝る。

「いえ、駆も杏里さんに会えるって喜んでましたから」

サトミのところに預けず、店に連れてきたのは杏里からのオファーがあったからだ。

杏里が秘蔵の『可愛い駆くんフォルダ』の中に入れている画像や動画を他のスタッフに

自慢したところ、全員が胸キュン状態になり「生を見たいのよ！　生を！」とシュプレヒコールが起こったらしい。

それで連れてくることになったのだ。

「アタシも喜んでるわよ。収まるところに収まったみたいで」

杏里は二人に安堵の入り交じった眼差しを向ける。

亮太との関係が修復して、半月。

亮太は大学ではいろいろと声をかけられたりして、まだ身辺が騒がしいらしいが、マスコミが追いかけてくるようなことはもうなくなっていて、マンションに戻ってきていた。

そして今は、以前のように毎日絢のところに来て駆の世話を——というよりも、駆と同レベルでジェイクからプレゼントされたおもちゃで遊んでいるので、ただの仲の良い友達なんじゃないかと思うことが増えている——してくれている。

もちろん駆が寝た後は、まあ、いろいろ絢ともあるわけだが。

杏里の言葉に亮太は、

「お騒がせいたしましてー」

ぺこりと頭を下げて言う。

「構わないわよ。イイオトコ紹介してくれたら、それで」

と、妖艶に微笑みながら要求する杏里だが、

「えー、ジェイクのこと振ったくせにー」

と亮太は苦笑いしながら突っこむ。

「ジェイクって……お友達のCEOの人？」

驚きながら絢が確認すると、

「そうそう。ジェイクが帰る前に、俺がよく話してる『ぱぴよん』に行きたいって言うから、こっそり連れてきたんだよねー。そしたら杏里ちゃんに一目ぼれして、めっちゃ口説いてたんだけど、杏里ちゃんの返事はにっこり笑って『のーせんきゅー』だってー。おかげで前よりバーチャルアイドルにのめりこんじゃって、大変なんだからー」

亮太がざっくりと説明する。

「なんか、もったいない……」

ワイドショー情報によると、驚くような金持ちだったはずだ。

それに、若くて独身で、そしてイケメンだった。

しかし杏里は、

「だって、なんか性格合わなさそうだったんだもの。外国人の笑いのツボってなんかわからないところあるじゃない？　いくらお金持ちでも、性格とか、そういうところ合わないとキツいわよ。ねー？」

絢に同意を求めるように笑いかけてくる。

杏里の言葉に亮太は何かしらの危機感を感じたのか、

「絢くんは違うよね？　俺と性格合うよね？」

即座に聞いてきた。

それに絢は亮太の耳に唇を寄せて、亮太にしか聞こえない小さな声で
「好きだから、大丈夫」

と伝える。

その言葉に目を見開いた後、亮太はなぜか両手で顔を押さえて、

「まさかここにきてのデレ……」

小さく呟き、その様子から察した杏里から、

「ハイハイ、ゴチソーサマ」

完全棒読みのセリフを返されたのだった。

おわり

あとがき

こんにちは、様々な物欲沼に足を突っ込んでいる松幸かほです。今、個人的に一番深い沼は文房具です。特に晩秋から春にかけては、手帳シーズンおよび進学シーズンで売り場が華やかで……。一応手帳は毎年購入しているのですが、途中でいきなりスッカスカになるのでお馴染みです（でも買うんだよ……）。

なんていうか、手帳をしっかりつけている人＝ちゃんとした大人、という思い込みがあって憧れるのですが、私にはとてもハードルが高いです（笑）。

多分、今回の主人公の絢はちゃんと手帳をつけられるちゃんとした大人だと思います（半ば無理やり作品に持っていく私）。ちゃんとした大人であるがゆえに雁字搦めになってる感のある絢に、頭がいいのになぜか緩い大学生亮太を組ませてみました。可愛いちみっこの駆に、完全に趣味に走ってオネエ様方を添えてみました。

オネエ様方の力技でカップルになったような気がしないでもない二人ですが、駆を鎹《かすがい》に幸せに暮らしつつ、時々オネエ様方に乱入されればいいなと思います（笑）。
そんな今作に素敵なイラストをつけてくださったのは秋吉しま先生です。美人な絢に、子供な大人感のあるイケメンな亮太、そしてとにかく可愛い駆‼　あああ、こんな子が絢の足に隠れて顔だけ出してペコって頭下げて御挨拶してくれたら、もうそれだけで「好きな物を言って！　買うから！」って気持ちでいっぱいになる不審者は私です。秋吉先生、本当にありがとうございました！

そんな不審者でいろいろやらかした私を優しく見守ってくださった編集のS様、本当にありがとうございます。次こそは、やらかさないように頑張りたいと思います……って前にも似たことを書いた記憶が……こ、今度こそ、頑張ります！
と、毎回同じことを繰り返している感満載ですが、これからも、少しでも楽しんで、笑ってもらえるものを書いていけるように頑張りますので、どうぞよろしくお願いします。

二〇二〇年　閏年だということに月末になって気付いた二月

松幸かほ

本作品は書き下ろしです

松幸かほ先生、秋吉しま先生へのお便り、
本作品に関するご意見、ご感想などは
〒101-8405
東京都千代田区神田三崎町2-18-11
二見書房　シャレード文庫
「近距離家族はじめました」係まで。

CHARADE BUNKO

近距離《きんきょり》家族《かぞく》はじめました

【著者】松幸《まつゆき》かほ

【発行所】株式会社二見書房
東京都千代田区神田三崎町2-18-11
電話　03(3515)2311[営業]
　　　03(3515)2314[編集]
振替　00170-4-2639
【印刷】株式会社 堀内印刷所
【製本】株式会社 村上製本所

落丁・乱丁本はお取り替えいたします。
定価は、カバーに表示してあります。

ISBN978-4-576-20041-5

https://charade.futami.co.jp/